ちくま文庫

教科書で読む名作

セメント樽の中の手紙ほか

プロレタリア文学

葉山嘉樹ほか

筑摩書房

カバー・本文デザイン　川上成夫

＊

目次

凡例　8

＊

セメント樽の中の手紙（葉山嘉樹）……11
二銭銅貨（黒島伝治）……21
キャラメル工場から（佐多稲子）……33
蟹工船（小林多喜二）……59
菊の花（中野重治）……215

歌声よ、おこれ（宮本百合子）……227

＊

解説……241
作者について（嶋田直哉） 242
プロレタリア文学論（芥川龍之介） 250
中野重治『愛しき者へ』を読む（鶴見俊輔・松尾尊兊） 255

＊

付録……279
「蟹工船」の元となった「博愛丸事件」を伝える新聞記事 280
小林多喜二「蟹工船」草稿ノート（部分） 283

*

年譜……284

傍注イラスト・秦麻利子

教科書で読む名作

セメント樽の中の手紙

ほか

――プロレタリア文学

【凡例】

一 「教科書で読む名作」シリーズでは、なるべく原文を尊重しつつ、文字表記を読みやすいものにした。

1 原則として、旧仮名遣いは新仮名遣いに、旧字は新字に改めた。

2 極端な当て字と思われるもの、代名詞・接続詞・副詞・連体詞・形式名詞・補助動詞などの一部は、仮名に改めたものがある。

3 常用漢字で転用できる漢字で、原文を損なうおそれが少ないと思われるものは、これを改めた。

4 送り仮名は、現行の「送り仮名の付け方」によった。

5 常用漢字の音訓表にないものには、作品ごとの初出でルビを付した。

二 今日の人権意識に照らして不当・不適切と思われる、人種・身分・職業・身体および精神障害に関する語句や表現については、時代的背景と作品の価値にかんがみ、そのままとした。

三 本巻に収録した作品のテクストは、下記の通りである。

「セメント樽の中の手紙」(葉山嘉樹)『現代日本文学大系56』(筑摩書房)

「二銭銅貨」(黒島伝治)『現代日本文学大系56』(筑摩書房)

「キャラメル工場から」(佐多稲子)『佐多稲子作品集1』(筑摩書房)

「蟹工船」（小林多喜二）『現代日本文学大系55』（筑摩書房）
「菊の花」（中野重治）『中野重治全集　第一巻』（筑摩書房）
「歌声よ、おこれ」（宮本百合子）『現代日本文学大系55』（筑摩書房）

四　「蟹工船」（小林多喜二）の傍注の一部については椥沢健氏に御教示をいただいた。

五　本書は、ちくま文庫のためのオリジナル編集である。

セメント樽《だる》の中《なか》の手紙《てがみ》

葉山嘉樹《はやまよしき》

発表——一九二六（大正一五）年
高校国語教科書初出——一九七三（昭和四八）年
学校図書『高等学校現代国語一』

松戸与三《よぞう》はセメントあけをやっていた。他の部分は大して目立たなかったけれど、頭の毛と、鼻の下は、セメントで灰色に覆われていた。彼は鼻の穴に指を突っ込んで、鉄筋コンクリートのように、鼻毛をしゃちこばらせている、コンクリートを取りたかったのだが、一分間に十才[1]ずつ吐き出す、コンクリートミキサーに、間に合わせるためには、とても指を鼻の穴にもっていく間はなかった。

彼は鼻の穴を気にしながらとうとう十一時間――その間に昼飯と三時休みと二度だけ休みがあったんだが、昼の時は腹のすいているために、も一つはミキサーを掃除していて暇がなかったため、とうとう鼻にまで手が届かなかった――の間、鼻を掃除しなかった。彼の鼻は石膏《せっこう》細工の鼻のように硬化したようだった。

彼がしまい時分に、ヘトヘトになった手で移したセメントの樽[2]から、小さな木の箱

---

1 才　石材の体積の単位。一才は、約二八リットル。　2 セメントの樽　セメント収納用の樽。

が出た。

「なんだろう?」と彼はちょっと不審に思ったが、そんなものに構ってはいられなかった。彼はシャベルで、セメン桝《ます》にセメントを量り込んだ。そして桝から舟[3]へセメントをあけるとまたすぐこの樽をあけにかかった。

「だが待てよ。セメント樽から箱が出るって法はねえぞ。」

彼は小箱を拾って、腹掛け[4]の丼《どんぶり》の中へほうり込んだ。箱は軽かった。

「軽いところを見ると、金も入っていねえようだな。」

彼は、考える間もなく次の樽をあけ、次の桝を量らねばならなかった。

ミキサーはやがて空回りを始めた。コンクリがすんで、終業時間になった。

彼は、ミキサーに引いてあるゴムホースの水で、ひとまず顔や手を洗った。そして弁当箱を首に巻きつけて、一杯飲んで食うことを専門に考えながら、彼の長屋へ帰っていった。発電所[5]は八分どおり出来上がっていた。夕闇に聳《そび》える恵那山《えなさん》[6]は真っ白に雪を被《かぶ》っていた。汗ばんだ体は、急に凍えるように冷たさを感じ始めた。彼の通る足下《あしもと》では木曽川[7]の水が白く泡を嚙《か》んで、吠《ほ》えていた。

「チェッ! やり切れねえなあ、かかあはまた腹を膨らかしやがったし、……。」彼はウヨウヨしてる子供のことや、またこの寒さを目がけて産まれる子供のことや、めちゃくちゃに産むかかあのことを考えると、まったくがっかりしてしまった。

「一円九十銭の日当の中から、日に、五十銭の米を二升[8]食われて、九十銭で着たり、住んだり、べらぼうめ[9]！　どうして飲めるんだい！」

が、フト彼は丼の中にある小箱のことを思い出した。彼は箱についてるセメントを、ズボンの尻でこすった。

箱にはなんにも書いてなかった。そのくせ、頑丈に釘《くぎ》づけしてあった。

「思わせぶりしやがらあ、釘づけなんぞにしやがって。」

彼は石の上へ箱をぶっつけた。が、壊れなかったので、この世の中でも踏みつぶす

3 **舟**　箱型の容器。　4 **腹掛けの丼**　「腹掛け」は、職人などが着ける腹当て。「丼」は、前の部分に付いている物入れ。　5 **発電所**　この作品のモデルとなっているのは関西電力落合発電所（当時は大同電力株式会社木曽川落合発電所）。松戸与三が働くのは、発電所の建築現場と思われる。　6 **恵那山**　岐阜・長野両県にまたがる木曽山脈南部の主峰。標高二一九一メートル。一九二四（大正一三）年に、付近の恵那峡に日本最初のダム式水力発電所が造られた。　7 **木曽川**　岐阜・長野・愛知・三重四県を流れる川。長野県南部から木曽谷、濃尾《のうび》平野を通って、伊勢《いせ》湾に注ぐ。　8 **升**　体積の単位。一升は、約一・八リットル。　9 **べらぼうめ**　相手をののしる言葉。「べらぼう」は、ばか、たわけ、という意味。

腹掛けの丼

気になって、やけに踏みつけた。

彼が拾った小箱の中からは、ボロに包んだ紙切れが出た。

それにはこう書いてあった。

——私はNセメント会社の、セメント袋を縫う女工です。私の恋人は破砕器《クラッシャー》へ石を入れることを仕事にしていました。そして十月の七日の朝、大きな石を入れる時に、その石と一緒に、クラッシャーの中へ嵌《は》まりました。

仲間の人たちは、助け出そうとしましたけれど、水の中へ溺れるように、石の下へ私の恋人は沈んでいきました。そして、石と恋人の体とは砕け合って、赤い細かい石になって、ベルトの上へ落ちました。ベルトは粉砕筒へ入っていきました。そこで鋼鉄の弾丸と一緒になって、細かく細かく、はげしい音に呪いの声を叫びながら、砕かれました。そうして焼かれて、立派にセメントになりました。

骨も、肉も、魂も、粉々になりました。私の恋人の一切はセメントになってしまいました。残ったものはこの仕事着のボロばかりです。私は恋人を入れる袋を縫っています。

私の恋人はセメントになりました。私はその次の日、この手紙を書いてこの樽の中へ、そうっとしまい込みました。

あなたは労働者ですか、あなたが労働者だったら、私をかわいそうだと思って、お返事ください。

この樽の中のセメントは何に使われましたでしょうか、私はそれが知りとうございます。

私の恋人は幾樽のセメントになったでしょうか、そしてどんなに方々へ使われるのでしょうか。あなたは左官屋さんですか、それとも建築屋さんですか。

私は私の恋人が、劇場の廊下になったり、大きな邸宅の塀になったりするのを見るに忍びません。ですけれど、それをどうして私に止めることができましょう！　あなたが、もし労働者だったら、このセメントを、そんな所に使わないでください。

いいえ、ようございます、どんな所にでも使ってください。私の恋人は、どんな所に埋められても、その所々によってきっといいことをします。構いませんわ、あの人は気性のしっかりした人でしたから、きっとそれ相当な働きをしますわ。

あの人は優しい、いい人でしたわ。そしてしっかりした男らしい人でしたわ。まだ若うございました。二十六になったばかりでした。あの人はどんなに私をかわいがってくれたかしれませんでした。それだのに、私はあの人に経帷子《きようかたびら》[10]を着せる代わりに、セメント袋を着せているのですわ！　あの人は棺《ひつぎ》に入らないで回転窯の中へ入ってしまいましたわ。

私はどうして、あの人を送って行きましょう。あの人は西へも東へも、遠くにも近くにも葬られているのですもの。

あなたが、もし労働者だったら、私にお返事をくださいね。その代わり、私の恋人の着ていた仕事着の切れを、あなたに上げます。この手紙を包んであるのがそうなのですよ。この切れには石の粉と、あの人の汗とが染み込んでいるのですよ。あの人が、この切れの仕事着で、どんなに固く私を抱いてくれたことでしょう。

お願いですからね、このセメントを使った月日と、それから詳しい所書きと、どんな場所へ使ったかと、それにあなたのお名前も、御迷惑でなかったら、ぜひぜひお知らせくださいね。あなたも御用心なさいませ。さようなら。

松戸与三は、湧きかえるような、子供たちの騒ぎを身の回りに覚えた。

彼は手紙の終わりにある住所と名前とを見ながら、茶碗《ちゃわん》に注《つ》いであった酒をぐっと一息に呷《あお》った。

「へべれけに酔っぱらいてえなあ。そうして何もかもぶち壊してみてえなあ。」とどなった。

「へべれけになって暴れられてたまるもんですか、子供たちをどうします。」

細君がそう言った。

彼は、細君の大きな腹の中に七人目の子供を見た。

10　経帷子　仏式で葬儀をする際、死者に着せる白い着物。麻・木綿・紙などで作り、経文などを書く。

二《に》銭《せん》銅《どう》貨《か》

黒《くろ》島《しま》伝《でん》治《じ》

発表——一九二六（大正一五）年
高校国語教科書初出——一九九〇（平成二）年
尚学図書『現代文』

一

独楽《こま》が流行《はや》っている時分だった。弟の藤二がどこからか健吉が使い古した古独楽を探し出してきて、左右の手のひらの間に三寸釘《くぎ》[1]の頭をひしゃいで通した心棒を挟んで廻《ま》わした。まだ、手に力がないので一生懸命にひねっても、独楽は少しの間立って廻うのみで、すぐみそすって[2]しまう。子供のときから健吉は凝り性だった。独楽に磨きをかけ、買ったときには、細い針金のような心棒だったのを三寸釘に挿しかえた。そのほうがよく廻《まわ》って勝負をすると強いのだ。もう十二、三年も前に使っていたものだが、ひびき[3]も入っていず、黒光りがして、重くいかにも木質が堅そうだった。油をしませたり、蠟《ろう》を塗ったりしたものだ。今、店頭で売っているものとは木質からしてちがう。

1　三寸釘　長さ三寸（約九センチメートル）の釘、もしくは一寸（約三センチメートル）の釘。ここでは一寸。
2　みそすって　味噌《みそ》をすり鉢にいれてすりこぎでこするときの、すりこぎのような動きをすること。ここでは、独楽の動きがだんだんゆっくり大きくなる様子のことをいう。　3　ひびき　ひび。

しかし、重いだけ幼い藤二には廻し難かった。彼は、[4]小半日も[5]上がり框《かまち》の板の上でひねっていたが、どうもうまく行かない。

「お母《かあ》あ、独楽の[6]緒を買《こ》うて。」藤二は母にせびった。

「お父《と》うにきいてみイ。買うてもえいか。」

「えい言うた。」

母は、何事にもこせこせするほうだった。一つは苦しい家計が原因していた。彼女は買ってやることになっても、なお一応、物置きの中を探して、健吉の使い古しの緒が残っていないか確かめた。

川添いの小さい部落の子供たちは、堂の前に集まった。それぞれ新しい独楽に新しい緒を巻いて廻して、二ツを[7]こちあてあって勝負をした。それを子供たちはコッツリコと言った。緒を巻いて力を入れて放って引くと、独楽は澄んで廻りだす。二人が同時に廻して、代わり代わりに自分の独楽を相手の独楽にこちあてる。一方の独楽が、みそをすって消えてしまうまでつづける。先に消えたほうが負けである。

「こんな黒い古い独楽を持っとる者はウラ（自分の意）だけじゃがの。独楽も新しいのを買うておくれ。」藤二は母にねだった。

「独楽は一ツ有るのに買わいでもえいがな。」と母は言った。

「ほいたって、こんな黒いんやかい……みんなサラ[8]を持っとるのに！」

以前に、自分が使っていた独楽がいいという自信がある健吉は、

「阿呆《あほ》言え、その独楽の方がえいんじゃがイ！」と、なぜだか弟に金を出して独楽を買ってやるのが惜しいような気がして言った。

「ううむ。」

兄の言うことは何事でも信用する藤二だった。

「そのほうがえいんじゃ、勝負をしてみい。それに勝つ独楽は誰っちゃ持っとりゃせんのじゃ。」

そこで独楽のほうは古いので納得した。しかし、母と二人で緒を買いに行くと、藤二は、店頭の木箱の中に入っている赤や青で彩った新しい独楽を欲しそうにいじくった。

4 小半日　ほとんど半日。かれこれ半日。　5 上がり框　玄関の、上がり口の縁に取り付けてある横木のこと。　6 緒　糸、ひも。ここでは独楽を回すために独楽に巻き付けるひものこと。　7 こちあてあって　コツンと音が出るほど勢いよくぶつけ合って。　8 サラ　新品。

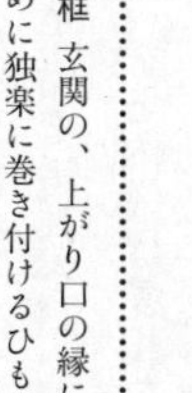
独楽の緒

雑貨店の内儀《おかみ》に緒を見せてもらいながら、母は、

「藤よ、そんなに店の物[9]をいらいまわるな。手垢《てあか》で汚れるがな。」と言った。

「いいえ、いろうたって大事ございせんぞな。」と内儀は愛相を言った。

緒は幾十条も揃《そろ》えて同じ長さに切ってあった。その中に一条《ひとすじ》だけ他のよりは一尺[10]ばかり短いのがあった。スン[11]を取って切っていって、最後に足りなくなったものである。

「なんぼぞな？」

「一本、十銭よな。その短い分なら八銭にしといてあげまさ。」

「八銭に……。」

「へえ。」

「そんなら、この短いんでよろしいワ。」

そして母は、十銭渡して二銭銅貨を一ツ釣銭に貰《もら》った。なんだか二銭儲けたような気がして嬉《うれ》しかった。

帰りがけに藤二を促すと、なお、彼は箱の中の新しい独楽をいじくっていた。他から見ても、いかにも、欲しそうだった。しかし無理に買ってくれともよく言わずに母のあとからついて帰った。

二

隣部落の寺の広場へ、田舎廻りの角力《すもう》が来た。子供たちはみんな連れだって見に行った。藤二も行きたがった。しかし、ちょうど稲刈りの最中だった。のみならず、牛部屋では、鞍《くら》をかけられた牛が、粉ひき臼をまわして、くるくる、真ん中の柱の周囲を廻っていた。その番もしなければならない。

[12]「牛の番やかいドーナリャ！」いつになく藤二はいやがった。彼は納屋の軒の柱に独楽の緒をかけ、両手に端を持って引っぱった。

「そんなら雀《すずめ》を追いに来るか。」

「いいや。」

「そんなにキママを言うてどうするんぞいや！　粉はひかにゃならず、稲にゃ雀がた

9 いらいまわる「いらう」は触る、いじる、もてあそぶ。「いらいまわるな。」は「いじりまわすな。」の意。
10 尺 長さの単位。一尺は約三〇・三センチメートル。 11 スンを取って 寸法（長さ）を測って。 12 牛の番やかいドーナリャ「牛の番なんか、嫌なことだ。」の意。

かりよるのに！」母は、けわしい声をだした。

藤二は、柱と綱引きをするように身を反《そ》らして緒を引っぱった。しばらくして、小さい声で、

「みんな角力を見に行くのに！」と言った。

「うちらのような貧乏タレにゃ、そんなことはしとれゃせんのじゃ！」

「ええい。」がっかりしたような声でいって、藤二はなお緒を引っぱった。

「そんなに引っぱったら緒が切れるがな。」

「ええい。[13]みんなのよれ短いんじゃもん！」

「引っぱったって延びせん——そんなことしよったらうしろへころぶぞ！」

「ええい延びるんじゃ！」

そこへ父が帰ってきた。

「藤は、何ぐずぐず言よるんぞ！」藤二は睨《にら》みつけられた。

「そら見い、叱らりょう。——さあ、牛の番をしよるんじゃぞ！」

母はそれをしおに、こう言いおいて田へ出かけてしまった。

父は、臼の漏斗《じょうご》に小麦を入れ、おとなしい牛が、のそのそ人の顔を見ながら廻って

いるのを見届けてから出かけた。

藤二は、緒を買ってもらってから、子供たちの仲間に入って独楽を廻しているうちに、自分の緒が他人のより、大分短いのに気づいた。彼は、それが気になった。一方の端を揃えて、較《くら》べると、彼の緒は誰のに比しても短い。彼は、まだ六ツだった。他の大きい学校へ上がっている者とコッツリコをするといつも負けた。彼は緒が短いためになお負けるような気がした。そして、緒の両端を持って引っぱるとそれが延びて、他人のと同じようになるだろうと思って、しきりに引っぱっているのだった。彼は牛の番をしながら、中央の柱に緒をかけ、その両端を握って、緒よ延びよとばかり引っぱった。牛は彼の背後をくるくる廻った。

三

健吉が稲を刈っていると、角力を見に行っていた子供たちは、大勢群がって帰って

---

13 みんなのよれ　みんなのより。

きた。彼らは、帰る道々独楽を廻していた。

それからしばらく親子は稲を刈りつづけた。そして、太陽が西の山に落ちかけてから、三人は各々徒荷《かちに》[14]を持って帰った。

「牛屋は、ボッコ[15]ひっそりとしとるじゃないや。」

「うむ。」

「藤二は、どこぞへ遊びに行《い》たんかいな。」

母は荷を置くと牛部屋をのぞきに行った。と、不意にびっくりして、

「健よ、はい来い[16]！」と声をふるわせて言った。

健吉は、稲束を投げ捨てて急いで行ってみると、番をしていた藤二は、独楽の緒を片手に握ったまま、暗い牛屋の中に倒れている。頸《くび》がねじれて、頭が血に染まっている。

赤牛は、じいっと鞍を背負って子供を見守るように立っていた。竹骨[17]の窓から夕日が、牛の眼球に映っていた。蝿《はえ》が一ツ二ツ牛の傍らでブンブン羽をならしてとんでいた。……

「畜生！」父は稲束を荷《にな》って帰った六尺棒[18]を持ってきて、三時間ばかり、牛をブンなぐりつづけた。牛にすべての罪があるように。

「畜生！　おどれはろくなことをしくさらん！」

牛は恐れて口から泡を吹きながら小屋の中を逃げまわった。

鞍は毀《こわ》れ、六尺は折れてしまった。


それから三年たつ。

母は藤二のことを思い出すたびに、

「あのとき、角力を見にやったらよかったんじゃ！」

「あんな短い独楽の緒を買うてやらなんだらよかったのに！――緒を柱にかけて引っぱりよって片一方の端から手がはずれてころんだところを牛に踏まれたんじゃ。あんな緒を買うてやるんじゃなかったのに！　[19]二銭やこし仕末をしたってなんちゃになりゃせん！」といまだに涙を流す。……

14 徒荷　歩いて運ぶ荷。15 ボッコ　ものごとの程度がはなはだしい。とても。ひどく。16 はい来い　早く来い。17 竹骨の窓　竹で作られた格子などの入った窓。18 六尺棒　天《てん》秤《びん》棒。19 二銭やこし仕末をしたってなんちゃになりゃせん　二銭なんか倹約をしたってなんにもなりはしない。

六尺棒

キャラメル工場《こうじょう》から

佐多《さた》稲子《いねこ》

発表――一九二八（昭和三）年

高校国語教科書初出――一九八三（昭和五八）年

教育出版『現代文』

一

ひろ子はいつものように弟の寝ている布団の裾をまくり上げた隙間で、朝飯を食べ始めた。あお黒い小さな顔がまだ眠そうに腫れていた。台所では祖母がお釜[1]を前に、明かりにすかすようにして弁当を詰めていた。明けがたの寒さが手を動かしても身体《からだ》中にしみた。どこかで朝の仕度をする音が時たま聞こえた。

ひろ子は眉の間を吊《つ》りあげてやけに御飯をふうふう吹いていたが、やがて一膳終わるとそそくさと立ち上がった。

「おや御飯は。」

「おしまい。」

ひろ子はもう火鉢[2]の引き出しから電車賃を出していた。

1　お釜　飯を炊く什器《じゅうき》。　2　火鉢　暖房器具の一種。炭火を入れ、手を温めたり湯を沸かしたりする。

お釜

火鉢

「おしまいじゃないよ。もう一杯食べといで、まだ遅くなりゃしないから。さあ。」

「だって急いで食べられない。」

祖母の手に茶碗を渡してやりながらひろ子は泣き声を出した。

「急いで食べられないったってお前こんな寒い日に熱い御飯でも食べなきゃこごえてしまうよ。」

「だって遅くなると困るんですもの。」

つい四、五日前に彼女は初めて遅刻した。だが彼女の工場には遅刻がなかった。工場の門限はきっちり七時であった。遅れた彼女はその日一日を嫌応《いやおう》なしに休ませられた。彼女たちのわずかな日給では遅刻の分を引くのが面倒だったから。

その朝彼女は電車の中で遅れそうなことを感づいた。身ぎれいな女などが乗り始めていて労働者風の姿が消えていた。彼女は車内の空気で時間を見ようとするように落ちつきなく目を走らせた。彼女はとうとう、入口まで出て行った。その時そこに吊り下がっていた割引き[3]の板札を、片手で胸から時計を引き出した車掌がまくり上げてひっかけた。

あたりが、変わったように思われた。電車はひろ子が下りる停留所の一つ手前までもう来ていたのに。停留所のちょっと手前に電車道に沿うて、彼女の工場の赤煉瓦《れんが》が長屋のように横につづいて、その中の一つに彼女の入口があった。ひろ子は見落とすまいと、その一つ一つの入口を見つめた。押されるような何かかけまわるような嫌な腹痛を覚えた。

彼女は電車から入口へ駆けつけた。そして電車で見た通りだった。

彼女が家を出たのは暗い内だった。彼女の電車賃は家内中かき集めた銅貨だった。だが彼女の前には鋼鉄の鉄戸がいっぱいに下りていた。彼女は間に合わなかった。工場の門限は七時だ。彼女は、コソコソとそこを通りぬけた。彼女はマントの下で弁当箱を両手でしっかり抱いてそれで胸の上をぐっと押さえて歩いた。彼女はベソをかいていた。人通りが多くなっていた。往来は彼女の朝から別の朝へ移っていた。

ひろ子はこごえるよりも遅刻がおそろしかった。

祖母に咎《とが》められながら朝食をすませたひろ子は、襟巻きに顔をうずめて、戦に行くような気持ちで歩いて行った。外は研ぎ立ての包丁のような夜明けの明るさだ。そし

3　割引きの板札　当時の東京市電では、午前五時から七時まで運賃の早朝割引きをおこなっていた。

てきしむように寒い。橋の上では朴歯《ほおば》[4]が何度かすべった。

まだ電灯のついている電車は、印絆纏《しるしばんてん》[5]や菜っ葉服[6]でいっぱいだった。皆寒さに抗《あらが》うように赤い顔をしていた。味《み》噌《そ》汁《しる》をかきこみざま飛んでくるので、電車の薄暗い電灯の下には彼らの台所の匂いさえするようであった。

ひろ子は大人たちの足の間から割り込んだ。彼女も同じ労働者であった。か弱い小さな労働者、馬に食われる一本の草のような。

「感心だね、ねえちゃん。どこまで行くんだい。」

席をあけてくれた小父《おじ》さんが言葉をかけた。

「お父ちゃんはどうしてんだい。」

「仕事がないの。」

ひろ子はそれを言うのが恥ずかしかった。

「おや、あそんでるのかい。そいつはたまらないな。」

そう言って彼は親しげな顔付きをした。その車内では周囲の痛ましげな目が一斉に彼女の姿にそそがれはしなかった。彼らにとってはそれが自分たち自身のことであり、彼女の姿は彼らの子供たちの姿であったから。

二

彼女の父親はある小都市の勤め人だった。縞《しま》の洋服を着て倶楽部《クラブ》[7]で球[8]を撞《つ》いた。三、四年患って死んだ妻のまだ存命中に彼はわずかの不動産も無くなした。二度目の妻と結婚すると彼は、変にプチブル[9]的な生活にあこがれるようになった。二度目の妻は琴と生け花を、彼の会社の重役の家庭へ教えて回った。そして彼の尺八に合わせて合奏した。一時彼は子供二人と母親とを放擲《ほうてき》して妻の実家にはいった。やがてお体裁がそれを許さなくなった。子供たちは中学校へ入れねばなるまい。彼の収入がそれに堪えるだろうか。勤め人では一生うだつが上がらない。彼は彼らが何をやろうと一生うだ

4 朴歯　朴の木で作った下駄。朴の木は丈夫で固く、朴歯の下駄は男子学生などがよく用いた。5 印袢纏　職人たちが着る仕事着。6 菜っ葉服　工場で働く労働者が着る薄い青の作業着。7 倶楽部　社交や娯楽などを目的として組織された会。ここではその集会所。8 球を撞いた　ビリヤードのこと。9 プチブル　プチブルジョアジーの略。ブルジョアジー（資本家階級）とプロレタリアート（労働者階級）の間に位置する。経済的基盤は労働を主とするが、心情的にはブルジョアジーに近い。

印袢纏

つが上がりっこなんかありはしないことを知らなかった。彼は一家をまとめて上京した。二度目の妻との離別がその決心を固め、東京で苦学している弟の病気がその実行を早めた。しかし彼の上京は、お体裁やの彼の周囲から逃げ出したのであった。方針や計画は一つもなかった。

彼は酒を飲み、どなり散らして家族に当たった。彼の弟は他家をついで自分の学資だけを持っていたが、それを保管していた兄が駄目になったので苦学した。不慣れな労働が彼を倒した。彼は床について起き上がらなくなった。

上京後のひろ子の一家は病人をかかえて寸詰まりにつまっていった。父親はその間にビール会社の人夫になり、仕出し屋の雑役夫になった。それらの仕事が手近にあったから。それも肩が腫れ足がむくみそして止《や》めた。祖母の内職では仕ようがなくなった。その時ひろ子は五年生だった。

「ひろ子も一つこれへ行ってみるか。」

ある晩父親がそう言って新聞を誰にともなく投げ出した。茶碗を持ったまま新聞を覗《のぞ》いたひろ子は、あまり何気なさそうな父親のその言葉にまごついた。あのキャラメル工場が女工を募集していた。ひろ子はうつむいてしまい、黙ってむやみに御飯を口の中へつめこんだ。誰も黙っていた。

「どうした、ひろ子。」

しばらくして父親はそう言って薄笑った。

「だって学校が……。」

そう言いかけるのと一緒に涙が出てきた。

「まだお前、可哀想《かわいそう》に……。」

「あなたは黙ってらっしゃい。」

父親が祖母を頭からおっかぶせた。ひろ子の弟がなぐさめ顔で時々そっとひろ子をのぞいた。床の中で病人は仰向きに目をつぶっていた。

あくる日ひろ子はその工場の事務室に、事務員と父親との交渉の間ぽつんとほうり出されていた。

「十三、あそうですか。」事務員は名前や何かを書きとった。

「まだほんとの子供でいろいろ御面倒ですが。」

「はあ、いや、それでここの規則はこれになっていますが。」

事務員は父親の個人的になりそうな話を遠慮なく撥《はじ》きながら話を進めた。

かえり道で父親はひろ子を蕎麦《そば》屋へ連れてはいった。前こごみに胡坐《あぐら》をかいて低いお膳の上で酒をつぎながら父親は上機嫌だった。

「すこし道が遠いけれど、まあ通ってごらん。学校のほうはまたそのうちどうにかなるよ。」

実際その工場までは電車だけで四十分はかかるはずだった。だがそれよりも彼女の日給で電車賃をつかっては間しゃくに合わないのであった。女工たちはみな徒歩で通える所に働き口を探す。でなければ大工場へ住み込んでしまう。しかしひろ子の父親はそんなことは考えなかった。その工場の名がいくらか世間へ知れていたので、そこへ気が向いたにすぎなかった。

ひろ子は次の日からしょぼしょぼと通った。

三

「光ちゃん、あんたもう三つできて？」

「ううん、まだやっと二缶、あんたは？」

「あたいもさ、手がかじかんで……。」

二十人ばかりの娘たちが、二列にならんだ台に向かい合わせに立ち、白い上着を着、うつむきになって指先を一心に動かしながらおしゃべりをしていた。みんな仕事の調子をとるために、からだを機械的に激しく揺すっていた。

ひろ子はしょぼしょぼ目の娘と女工頭の妹の三人で、新しい年の者だけが一組になって一台持っていた。三人はみんなから離れて室《へや》の片隅で、手元がまだ定まらないらしい調子で小さな紙切れにキャラメルをのせた。

「みんな早いのね。」

ひろ子は目のしょぼしょぼした隣の娘に話しかけた。

「だってあの人たちは古いんでしょう。」

「そうよ。当たり前だわ。」

女工頭の妹が小声で言った。この娘はからだが痩せて小さく、口が尖《とが》っていて大人みたいな顔をしていた。

10　間しゃくに合わない　割に合わない。損になる。

ひろ子の隣にいる娘はトラホーム[11]でいつもかなしそうに目がしょぼしょぼしていた。身体は小さく萎《しな》びていた。

みんなのほうでは一人が流行歌を唄《うた》い出して、あとをつけたり、合いの手を入れ合ったりした。ひろ子はやっと幾つかできた紙箱を積んで数えていた。事務員が二枚の半紙を両手に吊り下げてはいって来た。ひろ子の見覚えのあるいつかの事務員だった。

「今日は誰かしら？」

「たいがい定《き》まってるわ、お梅ちゃんよ、きっと。」

「あたいも昨日はずい分したんだけどなあ。」

その間に事務員は一方の壁の所で、一枚を女工頭にもたせておいて背のびをしながらそれを貼りつけた。前日の成績表だった。優等者三人と劣等者三人の名が毎日貼り出されるのだった。

「やっぱりそうね。」

「お梅ちゃんにはかないっこない！」

「しっかりやらなきゃ駄目だぞ。」

事務員がからかうように、にやにや薄笑った。ひろ子は誰かが読み上げる自分の名をききながら顔を上げなかった。勝気らしい島田[12]の女工頭が妹に、無愛想に「あんたもしっかりしなきゃ駄目よ。」と言っているのが聞こえた。

ひろ子は学校のことを思い出していた。学校でも彼女はいつも貼り出された。だが学校では劣等者は別に貼り出さなかった。

ひろ子はどうかして早く仕事が上手になりたかった。他の娘たちが五缶こしらえるうちにひろ子は二つ半しかできなかった。いつもよりできたと思う日でも最後の時間になるとやっぱり二つ半だった。

ひろ子はあせった。どうかして劣等者の名前からだけでもぬけたかった。

みんなは盛んに仕事をつづけた。それは競争だった。彼女たちはその成績表貼り出しを目あてにその小さなからだを根限り痛めつけた。

---

11 トラホーム　感染性の結膜炎。［ドイツ語］Trachom　12 島田　島田まげのこと。若い女性の髪型の一種。

四

彼女たちの仕事室の裏側は川に面していた。その室には終日陽《ひ》が当たらなかった。室の入口は工場内の暗い通り路《みち》になっていて、明かりは川のほうの窓からしかはいらない。窓からは空き樽《だる》を積んだ舟やごみ舟等始終のろのろと動いているどぶ臭いその川を隔てて向こう岸の家のごたごたした裏側が見えていた。

それらのすすぼけた屋根に石鹼《せっけん》や酒の広告板が立ててあり、その広告板には一日中陽が当たっていた。その陽の光は幸福そうであった。閉め切った硝子《ガラス》戸越しにその暖かそうな色だけが見えた。暮れる前には弱々しい赤い色がはすかいに硝子窓のよごれにちょっと映り、間もなく消えた。すると室の中がすっかり暗くなった。この頃は毎日風が吹くので一日中その硝子戸ががたがた鳴り一枚の破れた穴からは遠慮なしに風が吹きこんだ。その穴の修繕をもうこの間から申し込んであるのにまだそのままであった。

彼女たちはまる一日その板の間に立ち通しで仕事をした。それに慣れるまでにはみんな足が棒のように吊ってしまい、胸がつまって眩暈《めまい》を起こすものがあった。夕方になると身体中がすっかり冷えて腹痛を起こすものもあった。彼女たちはみんな腹巻きをして、父親のお古の股引《ももひ》きを縮めては穿《は》いていた。

五

昼前になると彼女たちの一人が待ち兼ねて言い出した。

「もう温めてもいい頃じゃない？」

「早くしないとよくあったまらないことよ。」

「お願いよ。あたいのもついでに出しといてさ。」

「あたしのもね。紫の風呂敷。」

間もなく火鉢の周囲がアルミニウム[13]の弁当箱でいっぱいになった。朝六時につめられた弁当はニウムの箱の中でぼろぼろに凍っていた。火鉢のまわりでは彼女たちらし

13 ニウム　アルミニウムのこと。

い色々の不平が出た。

「うちの母さんまた赤ん坊生むのよ。赤ん坊なんてあたいもうたくさんだよ——だって家へ帰ったってお守《もり》ばっかりさせられるんだもの。奉公したほうがよっぽどいいわ。」

「お正月だってあたしなんにも買わないのよ。つまらないわ。」

「あたしも思い切って奉公[14]しようかと思うわ。あたしんとこじゃ母さんだけでしょう働くのは、だからもっとおあしのはいる工夫をしなくちゃ。」

「お酌[15]になるの？」他の娘がのぞきこんでたずねた。

「あら、お酌なんかにならないわ。」

「そう、だけどうちの姉さん、家へくる時いつでもいい着物着てくるわよ。」

「いやあだ、いい着物なんか着たかないわ。」

ひろ子とトラホームの娘はそういう会話をみんなのように立って聞いていた。ひろ子はトラホームの娘に小声で聞いた。

「学校へ行きたくない。」

「私目が悪いから駄目なの。」

三時になると彼女たちはおやつを食べた。それは彼女たちのわずかな日給の中から出された。それはいつも一銭に決まっている焼き芋に限られていた。

ひろ子は最初の日にその一銭を持っていなくて恥ずかしい思いをしてから、その後はきっと一銭だけは持って来た。使いには順番で二人ずつ出かけた。それだけは外出をゆるされていた。

工場の向かい側は古着屋が軒なみにならんでいる通りで、[16]あつしや、[17]とんびが風に吹かれて舞っていた。白い上衣をきてまくり上げた裸の腕を、前だれの下に突っこんで、ちぢかんで歩く彼女たちの姿は、どこか不具者のように見えた。

六

女工たちが包むキャラメルは別の室で造られた。それを大きな箱に入れて男工たち

---

14 おあし　お金。15 お酌　酌婦。酒場や料理屋で酒の酌をする女性。16 あつし　丈夫で厚手の綿織物で作った労働着。17 とんび　インバネス（男子用の外套《がいとう》の一種）をさす。その袖の形がトンビ（鳶《とび》）の羽に似ているので、俗に「とんび」とも称した。

が持って来るのであった。

「今日はレモンよ。」

「ほうらね。さっきから匂ってたんですもの。」

粉にまみれた裸のキャラメルが台の上へ音を立てて流れた。甘いレモンの匂いがあがった。レモンのキャラメルが造られることはそうたびたびなかった。それが工場主にとって損だったから。自分たちの扱う菓子が自分たちの好きなものだということが彼女たちを嬉《うれ》しがらせた。そのレモンキャラメルが、やがて店に出ていって子供たちを喜ばすだろうように。

彼女たちはキャラメルのかけらなら食べてもよいことになっていた。ひろ子もトラホームの娘もそれを拾って食べた。

「あら、あんたいくらかけらだってそんなに食べるとおこられるわよ……。」

その意地悪の女工頭の妹が急にぴょこんと頭を下げた。ひろ子は初めて顔を上げてふりむいた。工場主の奥さんが見まわりに来たのであった。

「お寒うございます。」

「お寒うございます。」

みんなが口々にそう言ってお辞儀をした。工場では毎日工場主か、でなければ奥さんが見まわりに来た。二人揃《そろ》ってくることもあった。

奥さんは黙って室のまん中へ来て立ちどまった。彼女は大島[18]の重ねをきて後ろ手をしていた。後には可愛《かわい》らしい小間使いが従っていた。小間使いは奥さんのそば近く用を足すので身ぎれいにさせられている。女工頭がそばで何かお愛想めいた報告をした。奥さんはふんふんと顎で聞いた。

彼女はそこで満足げにほくそ笑んだ。――娘たちが相変わらず柔順に働いていたから、そしてそれでも足りずに彼らは帰刻時間に門のところで女工たち一人一人の袂[19]《たもと》と懐[20]と弁当箱の中とを人を使って検《しら》べさせた。みんなは番のくるのを吹き晒《さら》しのなかに立って待っていた。

「ずい分いばっているのね。」

奥さんの姿が出口から消えるのを見ながらひろ子はそうっと隣の娘にささやいた。

18 **大島**　大島紬《つむぎ》のこと。大島紬は、鹿児島県奄美《あまみ》半島を中心に生産される絹織物で、高級町着、高級普段着とされている。19 **袂**　和服の袖の袋状になっている部分。20 **懐**　衣類を着た時の、胸のあたり。

「あらおこられるわよ。」

目をしょぼしょぼさせながら、その娘はひろ子がまだよく事情を知らないと思ってたしなめた。

ひろ子はよその奥さんというものは、小さな娘たちに対しては笑顔ぐらい見せるものだと思っていた。

「お澄《すみ》さんはいいわね。あんないい着物を着ていられて。」

女工頭の妹が小間使いを羨ましがって言った。ひろ子も女工頭の妹も目のしょぼしょぼしたトラホームの娘も、奥さんが現われるとそれぞれそのほうに気を取られた。

七

地下室の薄暗い通りにふみ板をふむ足音がひびいて天井の小さな電灯がゆれていた。彼女たちがガヤガヤ言いながら下りていった。

おやつの時だった。女工頭がこれで今日は仕事がおしまいだと言ってきた。

「また鑞《びん》洗い？」

「いやだなあ、寒くて。」

「監督さん、今日はお湯にしてもらってくださいな。」

いつもキャラメルの仕事がと絶えると化粧液の鑵洗いをさせられた。もともとその工場は化粧液が売出し品であった。

地下室の鑵洗いの場所が三和土《たたき》[21]になっていて、じめじめと水っぽかった。ふみ板の上では裸足《はだし》の足が冷たかった。上の窓口から艫《とも》の音が聞こえた。

「まあ！　まるで水よ。お湯ないの？」一人がやけに大声を上げた。

二、三人がまたつづけてかん高い声を上げた。

「たまらないわ。こんな……。」

「お湯もらいましょうよ。」

女工頭が困ったような顔をして、

「待ってらっしゃい、お湯もらってくるから。」

彼女は他の仕事場へ交渉にいった。

21　三和土　たたき固めた土間。

みんなは何かむしゃくしゃする気持ちを押さえて、その小さな鰻を一つ一つゆすいでいった。少し水の外に手を出しているとぴりぴり痛んでみるみるヒビが切れた。すると彼女たちはあわててその手を水の中へつっこんだ。黙りこくって鰻を洗っているひろ子の鼻先からなみだが落ちてきた。

八

ひろ子が工場へ通い始めてから一カ月ばかりすぎた。

その日ひろ子はかえりの電車賃がなくなって歩いてきた。これまでには朝も歩かねばならないことがあった。そんな時は祖母が一緒に行ってくれて、二人が二時間近くも歩き、やっと工場の近くへくる頃行く手に当たって街灯が一斉に消えるのだった。

この頃は歩くのにも慣れてきた。

八時をすぎていた。家では閉めきった六畳の間でみんなが内職をしていた。電灯の下で祖母の膝の上の毛編みの帽子から祖母の手の動くにつれて、さっさと音を立ててこまかなきれいな毛が掻《か》き出されていた。電灯の明かりにその茶色の毛くずが舞っていた。隅の壁ぎわでは病人が床の上に腹這《はらば》って緑色の紙にばらの花や小鳥などを絵の具で画《か》いていた。雑記帳の表紙になるものだった。父親もその枕元で胡坐をかいて見本を見ながら手伝っていた。まわりには描き上げた緑色の紙がいっぱい広げてあった。弟は祖母の後でさっきから目を赤くして雑誌に読みふけっていた。

ひろ子は台所側の障子のそばにお膳を出した。七輪[22]の上で雑炊鍋が煮立っていた。壁一重へだてる隣の鼻緒[23]職の家からは、いつものようにとんとんと夜なべ[24]の音が、一軒の家の中のように聞こえていた。

ひろ子は雑炊の湯気で赤くなった顔を上げて言った。

「外から帰ってくると、こうして熱い御飯を食べるのが何よりの楽しみよ。」

ひろ子は家へ帰ってくるといっぱしの働き手になった気であった。

「ははは、生意気を——どうだねこの頃は、やっぱり二つ半かい？」

揶揄《やゆ》的な父親の言葉でひろ子は赤くなってうつむいた。

22 七輪　炭火を用いて簡単な煮炊きをするコンロ。　23 鼻緒　下駄や草履の、足の指で挟む緒（紐《ひも》）のこと。　24 夜なべ　夜に行う仕事。昼の仕事を延長して夜中も引き続き仕事をすること。

七輪

工場ではこの間から日給制が止められて、一缶の賃金を数えるようになった。一缶七銭だった。

仕事に慣れた娘たちにとっては収入が多くなった。しかし大方の娘たちは、今日までの日給と同じ賃金を取るためにはもっともっとその身体を痛めつけねばならなかった。彼女たちは今までにもう精いっぱいの働きをしていた。日給が缶の計算になったからといってすぐにそれだけ多く働き出すことはとても不可能だった。いっせいに収入が減った。ひろ子などは三分の一値下げされた。そして毎日成績表が貼り出された。昼飯後も女工頭が「さあ始めるのよ。」と言う必要がなくなった。彼女たちは今までの日給額に追いすがるために車を回すコマ鼠《ねずみ》のようにもがいた。

「なかなかね。傭《やと》い手のほうでも抜け目なく考えているからね。」

祖母がすんと鼻をすって、仕事の帽子を裏返しながら言った。「これだってちょっと穴でもあけようものなら、弁償もんだからね、今日のなんか糸が悪くってすぐ穴があくんだから怖くて進みやしない。」

「お母さんの話か。ところでひろ子どうだい、このまま行って幾らかうまくなれそうかね。」

父親が煙草《たばこ》の火をつけながら言った。

「ええ、一生懸命やってるんだけど。」

「いっそもうどうかね。止めにしたら。」父親はまたなんでもないように言い出した。

ひろ子はハッとして顔を上げた。

「そしてどうするの。」

「しようがない、後でまたどうにかなるさ。」

「少し無理だな今の所は、遠くて。」

病人が絵の具の筆をおいて寝返りながら言った。父親はその言葉に力を得て今度ははっきり切り出した。

「止《よ》せ止せ、しようがないよ。――毎日電車賃を引けや残りやしないじゃないか。」

ひろ子はそれが自分の力の足りない女のように思われた。

その夜ひろ子は幾日ぶりかで、やっと放たれたような気持ちで床についた。ひろ子は仲よしだったトラホームの娘のことや、帰りに出口で調べられるのを待っている時、女工頭の妹にマントが生意気だと言っていじめられたことなど思い出した。

まもなくひろ子は、「からだが丈夫でないから気楽なところを。」という父親の言葉で、口入れ屋[25]のばあさんに連れられてある盛り場のちっぽけなチャンそば[26]屋へお目見得に行った。ひろ子はそこで馬鈴薯《ばれいしょ》[27]の皮がむけなかった。

ある日郷里の学校の先生から手紙が来た。

誰かからなんとか学資を出してもらうよう工面して——大したことでもないのだから、小学校だけは卒業するほうがよかろう——と、そんなことが書いてあった。

付せん[28]がついてそれがチャンそば屋の彼女の所へ来た時——彼女はもう住み込みだった——それを破いて読みかけたが、それを摑《つか》んだままで便所にはいった。彼女はそれを読み返した。暗くてはっきり読めなかった。暗い便所の中で用もたさず、しゃがみ腰になって彼女は泣いた。

---

25 口入れ屋　職業あっせん屋。奉公などの勤め先を仲介する人。26 チャンそば　中華そば。ラーメン。27 馬鈴薯　ジャガイモ。28 付せんがついて　郵便物が転送されてくること。

蟹工船《かにこうせん》

小林多喜二《こばやしたきじ》

発表——一九二九（昭和四）年
高校国語教科書初出——一九七七（昭和五二）年
光村図書『新版　現代国語2』

一

「おい地獄さ行《え》ぐんだで！」

二人はデッキ[1]の手すりに寄りかかって、蝸牛《かたつむり》が背のびをしたように延びて、海を抱え込んでいる函館《はこだて》[2]の街を見ていた。――漁夫は指元まで吸いつくした煙草《たばこ》を唾と一緒に捨てた。巻煙草はおどけたように色々にひっくりかえって、高い船腹《サイド》をすれずれに落ちていった。彼は身体《からだ》一杯酒臭かった。

赤い太鼓腹を幅広く浮かばしている汽船や、積荷最中らしく海の中から片袖をグイと引っ張られてでもいるように、思いッ切り片側に傾いているのや、黄色い、太い煙突、大きな鈴のような赤いヴイ[3]、南京虫《ナンキンむし》[4]のように船と船の間をせわしく縫っているラ[5]

1 デッキ　船の甲板。［英語］deck　2 函館　北海道南西部にある都市。一九〇八（明治四一）年に青函航路が開発され、大正時代には北洋漁業の基地として栄えた。一九三五（昭和一〇）年ごろまでの人口は道内一位で札幌をしのいだ。　3 ヴイ　浮標。航路を示したり、障害物を知らせたりするために海に浮かべたもの。［英語］buoy　4 南京虫　トコジラミ。トコジラミ科の昆虫。人の血を吸い、強いかゆみや痛みを起こさせる。　5 ランチ　港湾内で人や荷物の輸送に用いたり、船舶と陸や施設間の連絡を行ったりする小型船。［英語］launch

ンチ、寒々とざわめいている油煙やパン屑《くず》や腐った果物の浮いている何か特別な織物のような波……。風の具合で、煙が波とすれずれになびいて、ムッとする石炭の匂いを送った。[6]ウインチのガラガラという音が、時々波を伝って直接《じか》に響いてきた。

この[7]蟹工船博光丸《はくこうまる》のすぐ手前に、ペンキの剝げた帆船が、へさきの牛の鼻穴のようなところから錨《いかり》の鎖を下ろしていた。甲板を、[8]マドロス・パイプをくわえた外人が二人同じところを何度も機械人形のように、行ったり来たりしているのが見えた。ロシアの船らしかった。たしかに日本の「蟹工船」に対する監視船だった。

「俺らもう一文も無《ね》え。——糞《くそ》。こら。」

そういって、身体をずらして寄こした。そしてもう一人の漁夫の手を握って、自分の腰のところへ持って行った。[9]袢天《はんてん》の下の[10]コールテンのズボンのポケットに押しあてた。何か小さい箱らしかった。

一人は黙って、その漁夫の顔をみた。

「ヒヒヒヒ……」と笑って、「[11]花札《はな》よ。」といった。

[12]ボート・デッキで、「将軍」のような格好をした船長が、ブラブラしながら煙草をのんでいる。はき出す煙が鼻先からすぐ急角度に折れて、ちぎれ飛んだ。底に木を打

った草履をひきずッて、食物バケツをさげた船員が忙しく「おもて」の船室を出入りした。——用意はすっかりできて、もう出るにいいばかりになっていた。
[13]雑夫のいる[14]ハッチを上から覗《のぞ》きこむと、薄暗い船底の[15]棚に、巣から顔だけピョコピョコ出す鳥のように騒ぎ回っているのが見えた。皆十四、五の少年ばかりだった。
「お前はどこだ。」

「××町。」みんな同じだった。函館の貧民窟の子供ばかりだった。そういうのは、それだけで一《ひと》かたまりをなしていた。

6 **ウインチ**　円筒形の胴にロープや鎖を巻きつけた機械。胴を回転させ、ロープや鎖を巻き取ったり戻したりして、荷物を上げ下ろしする。［英語］winch　7 **蟹工船**　北洋の海で蟹を漁獲し、船内で缶詰に加工する設備を持った船。陸上の工場で作業を行うよりも品質が良く、生産量も多いため、大正時代に業者が激増、一九三二（昭和七）年に最盛期を迎える。創業初期には人海戦術に頼って生産量を達成しようとしたため、しばしば労働争議が起きた。一九二六（大正一五）年の「蟹工船博愛丸事件」はその代表的なものとして知られ、本作品のモデルとなっている。　8 **マドロス・パイプ**　火皿から吸い口までの管の部分が曲線を描いているパイプ。［和製語］　9 **袢天**　防寒用や労働用の上着。　10 **コールテン**　コーデュロイ（［英語］corduroy）。縦畝のある丈夫な綿の生地。コールテンの「コール」はコーデュロイの略。天は「天鵞絨（ビロード）」の略。　11 **花札**　日本の代表的なカルタ。賭け事に用いられる。　12 **ボート・デッキ**　救命ボートなどを搭載している最上層の甲板。［英語］boat deck　13 **雑夫**　雑用係。　14 **ハッチ**　船の甲板と船室をつなぐ上蓋のついた出入り口。［英語］hatch　15 **棚**　ここでは棚状にしつらえられた寝台のこと。

「あっちの棚は?」

「南部。」

「それは?」

「秋田。」

それらは各々棚をちがえていた。

「秋田のどこだ。」

膿《うみ》のような鼻をたらした、眼《め》のふちがあかべをしたようにただれているのが、

「北秋田だんし。」といった。

「百姓か?」

「そんだし。」

空気がムンとして、何か果物でも腐ったすッぱい臭気がしていた。漬物を何十樽《たる》もしまってある室がすぐ隣だったので、「糞」のような臭いも交じっていた。

「こんだ親父《おど》抱いて寝てやるど。」——漁夫がヘラヘラ笑った。

薄暗い隅のほうで、袢天を着、[16]股引《ももひき》をはいた、風呂敷を三角にかぶった[17]女出面《おんなでづら》らしい母親が、林檎《りんご》の皮をむいて、棚に腹ん這《ば》いになっている子供に食わしてやっていた。

子供の食うのを見ながら、自分では剝《む》いたぐるぐるの輪になった皮を食っている。何かしゃべったり、子供のそばの小さい風呂敷包みを何度も解いたり、直してやっていた。そういうのが七、八人もいた。誰も送って来てくれるもののいない内地[18]から来た子供たちは、時々そっちの方をぬすみ見るように、見ていた。

髪や身体がセメントの粉まみれになっている女が、キャラメルの箱から二粒ぐらいずつ、その付近の子供たちに分けてやりながら、

「うちの健吉と仲よく働いてやってけれよ、な。」といっていた。木の根のように不格好に大きいザラザラした手だった。

子供に鼻をかんでやっているのや、手拭いで顔をふいてやっているのや、ボソボソ何かいっているのや、あった。

「お前さんどこの子供は、身体はええべものな。」

母親同志だった。

16 股引　防寒用のズボン下。 17 女出面　「出面」は日雇い労働者のこと。でめんともいう。 18 内地　本土、国内のこと。ここでは北海道において本州を指していう。

「ん、まあ。」

「俺《おら》どこのア、とても弱いんだ。どうすべかッて思うんだども、なんしろ……。」

「それアどこでも、ね。」

――二人の漁夫がハッチから甲板へ顔を出すと、ホッとした。不機嫌に、急にだまり合ったまま雑夫の穴より、もっと船首の、梯子形《はしごがた》の自分たちの「巣」に帰った。錨を上げたり、下ろしたりするたびに、コンクリート・ミキサの中に投げ込まれたように、皆は跳ね上がり、ぶッつかり合わなければならなかった。

薄暗い中で、漁夫は豚のようにゴロゴロしていた。それに豚小屋そっくりの、胸がすぐゲエときそうな臭いがしていた。

「臭《く》せえ。臭せえ。」

「そよ、俺だちだもの。ええ加減、こったら腐りかけた臭いでもすべよ。」

赤い臼のような頭をした漁夫が、一升瓶そのままで、酒を端《ふち》のかけた茶碗《ちやわん》に注《つ》いで、鯣《するめ》をムシャムシャやりながら飲んでいた。その横に仰向けにひっくり返って、林檎を食いながら、表紙のボロボロした講談雑誌を見ているのがいた。

四人輪になって飲んでいたのに、まだ飲み足りなかった一人が割り込んでいった。

「……んだべよ。四カ月も海の上だ。もう、これんかやれねべと思って……。」

頑丈な身体をしたのが、そういって、厚い下唇を時々癖のように嘗《な》めながら眼を細めた。

「んで、財布これさ。」

干し柿のようなべったりした薄い蟇口《がまぐち》を眼の高さに振ってみせた。

「あの白首《ごけ》[19]、身体こったらに小せえくせに、とても上手《うめ》えがったどオ！」

「オイ、止《よ》せ、止せ！」

「ええ、ええ、やれやれ。」

相手はへへへへと笑った。

「見れ、ほら、感心なもんだ。ん？」酔った眼をちょうど向かい側の棚の下にすえて、顎で、「ん！」と一人がいった。

漁夫がその女房に金を渡しているところだった。

「見れ、見れ、なア！」

19 白首　しろくび。私娼、売春婦のこと。「ごけ」は北海道、青森、秋田の方言。

小さい箱の上に、皺《しわ》くちゃになった札や銀貨を並べて、二人でそれを数えていた。男は小さい手帳に鉛筆をなめなめ、何か書いていた。

「見れ。ん!」

「俺にだって嬶《かか》や子供はいるんだで。」白首のことを話した漁夫が急に怒ったようにいった。

そこから少し離れた棚に、宿酔《ふつかよい》の青ぶくれにムクンだ顔をした、頭の前だけを長くした若い漁夫が、

「俺《おら》アもう今度こそア船さ来ねえッて思ってたんだけれどもな。」と大声でいっていた。

「周旋屋[20]に引っ張り回されて、文無しになってよ。——また、長《な》げえことくたばるめに合わされるんだ。」

こっちに背を見せている同じ所から来ているらしい男が、それに何かヒソヒソいっていた。

ハッチの降り口に初め鎌足[21]を見せて、ゴロゴロする大きな昔風の信玄袋[22]を担った男が、梯子を下りてきた。床に立ってキョロキョロ見回していたが、空いているのを見

付けると、棚に上ってきた。

「こんにちは。」といって、横の男に頭を下げた。顔が何かで染まったように、油じみて黒かった。

「仲間さ入《え》れて貰《もれ》えます。」

後で分かったことだが、この男は、船へ来るすぐ前まで夕張《ゆうばり》炭坑[23]に七年も坑夫をしていた。それがこの前のガス爆発で、あやうく死に損ねてから――前に何度かあったことだが――フイと坑夫が恐ろしくなり炭山《やま》を下りてしまった。爆発の時、彼は同じ坑内にトロッコ[24]を押して働いていた。トロッコに一杯石炭を積んで、他の人の受け持ち場まで押して行った時だった。彼は百のマグネシウム[25]を瞬間眼の前でたかれたと思った。それと、そして1/500秒もちがわず、自分の身体が紙ッ片《きれ》のようにどこかへ飛び上がったと思った。何台というトロッコがガスの圧力で、眼の前を空のマッチ箱より

20 周旋屋　職業紹介業者。21 鎌足　つま先が内側を向いた脚の形。22 信玄袋　口にひもを通して結ぶ布製の手提げ袋。23 夕張炭坑　北海道の夕張市北西端にあった炭鉱。大正時代から昭和初期にかけて繁栄した北海道の代表的な炭鉱。一九二〇（大正九）年にガス大爆発があり、二〇七名の死者を出した。24 トロッコ　土砂運搬用の手押し車。25 マグネシウム　燃やすと閃光《せんこう》をはなつ金属。夜間・室内撮影用のフラッシュなどに用いる。［英語］magnesium

も軽くフッ飛んで行った。それッ切り分からなかった。どのぐらい経《た》ったか、自分のうなった声で眼が開いた。監督や工夫が爆発が他へ及ばないように、坑道に壁を作っていた。彼はその時壁の後ろから、助ければ助けることのできる炭坑夫の一度聞いたら心に縫い込まれでもするように、決して忘れることのできない、救いを求める声を「ハッキリ」聞いた。――彼は急に立ち上がると、気が狂ったように、「駄目だ、駄目だ!」と皆の中に飛びこんで、叫び出した。(俺は前の時は、自分でその壁を作ったことがあった。そのときはなんでもなかったのだが。)

「馬鹿野郎! ここさ火でも移ってみろ、大損だ。」

だが、だんだん声の低くなっていくのが分かるではないか! 彼は何を思ったのか、手を振ったりわめいたりして、無茶苦茶に坑道を走り出した。何度ものめったり、坑木に額を打ちつけた。全身ドロと血まみれになった。途中、トロッコの枕木につまずいて、巴投《ともえな》げにでもされたように、レールの上にたたきつけられて、また気を失ってしまった。

そのことを聞いていた若い漁夫は、

「さあ、ここだってそうたいして変わらないが……。」といった。

彼は坑夫独特な、まばゆいような、黄色ッぽく艶のない眼差《まなざ》しを漁夫の上にじっと置いて、黙っていた。

[26]秋田、青森、岩手から来た「百姓の漁夫」のうちでは、大きく安坐《あぐら》をかいて、両手をはすかいに股に差しこんでムシッとしているのや、膝を抱えこんで柱によりかかりながら、無心に皆が酒を飲んでいるのや、勝手にしゃべり合っているのに聞き入っているのがある。——朝暗いうちから畑に出て、それで食えないで、追い払われてくる者たちだった。長男一人を残して——それでもまだ食えなかった——女は工場の女工に、次男も三男もどこかへ出て働かなければならない。鍋で豆をいるように、余った人間はドシドシ土地からハネ飛ばされて、市に流れ出てきた。彼らはみんな「金を残して」内地《くに》に帰ることを考えている。しかし働いてきて、一度陸を踏む、するとモチを踏みつけた小鳥のように、函館や小樽《おたる》[27]でバタバタやる。そうすれば、まるッきり簡単に「生まれた時」とちっとも変わらない赤裸になっておっぽり出された。内地へ帰れなくなる。彼らは、身寄りのない雪の北海道で「越年《おつねん》」するために、自分の身体を

26 はすかい　斜めに交差すること。
27 小樽　北海道西部の市。石狩湾に面している。

手鼻[28]ぐらいの値で「売らなければならない。」——彼らはそれを何度繰りかえしても、できの悪い子供のように、次の年にはまた平気で（?）同じことをやってのけた。

菓子折を背負った沖売り[29]の女や、薬屋、それに日用品を持った商人が入ってきた。真ん中の離島のように区切られている所に、それぞれの品物を広げた。皆は四方の棚の上下の寝床から身体を乗り出して、ひやかしたり、冗談をいった。

「お菓子《がし》[30]めえ[31]か、ええ、ねっちゃよ?」

「あッ、もッちょこい!」沖売りの女が頓狂な声を出して、ハネ上がった。「人の尻さ手ばやったりして、いけすかない、この男!」

菓子で口をモグモグさせていた男が、みんなの視線が自分に集まったことにテレて、ゲラゲラ笑った。

「この女子《あねこ》、可愛《めんこ》いな。」

便所から、片側の壁に片手をつきながら、危い足取りで帰ってきた酔っ払いが、通りすがりに、赤黒くプクンとしている女の頰ぺたをつッついた。

「なんだね。」

「怒んなよ。——この女子ば抱いて寝てやるべよ。」

そういって、女におどけた格好をした。皆が笑った。

「おい饅頭[32]《まんじゆう》、饅頭!」

ずウと隅のほうから誰か大声で叫んだ。

「ハアイ……。」こんなところではめずらしい女のよく通る澄んだ声で返事をした。

「幾《なん》ぼですか?」

「幾ぼ? 二つもあったら不具《かたわ》だべよ。――お饅頭、お饅頭!」――急にワッと笑い声が起こった。

「この前、竹田って男が、あの沖売りの女ば無理矢理に誰もいねえどこさ引っ張り込んで行ったんだとよ。んだけ、おもしろいんでないか。何《な》んぼ、どうやっても駄目だっていうんだ……。」酔った若い男だった。「……猿又[33]はいてるんだとよ。竹田がいきなりそれを力一杯にさき取ってしまったんだども、まだ下にはいてるッていうんでねえか。――三枚もはいてたとよ……。」男が頸《くび》を縮めて笑い出した。

28 手鼻　片方の鼻の穴を押さえて、開いた鼻の穴から鼻水を吹き飛ばすこと。 29 沖売り　問屋を通さないで沖合の船に商船や漁船が品物を売ること。 30 お菓子めえか、ええ、ねっちゃよ?　お菓子ないか、ええ、おねえさんよ? 31 もッちょこい　くすぐったい。 32 饅頭　女性器の隠語。 33 猿又　通常は男性が着用するパンツ型の下着。

その男は冬の間はゴム会社の職工だった。春になり仕事が無くなると、カムサツカ[34]へ出稼ぎに出た。どっちの仕事も「季節労働」なので、（北海道の仕事はほとんどそれだった。）イザ夜業となるとブッ続けに続けられた。「もう三年も生きれたらありがたい。」といっていた。粗製ゴムのような死んだ色の肌をしていた。

漁夫の仲間には、北海道の奥地の開墾地や鉄道敷設の土工部屋へ「蛸《たこ》」[35]に売られたことのあるものや、各地を食いつめた「渡り者」や、酒だけ飲めば何もかもなく、ただそれでいいものなどがいた。青森辺の善良な村長さんに選ばれてきた「何も知らない」「木の根ッこのように」正直な百姓もその中に交じっている。――そして、こういうてんでんばらばらのものらを集めることが、雇うものにとって、この上なく都合のいいことだった。（函館の労働組合は蟹工船、カムサツカ行きの漁夫のなかに組織者を入れることに死物狂いになっていた。青森、秋田の組合なども連絡をとって。――それを何より恐れていた。）

糊《のり》のついた真っ白い、上衣《うわぎ》の丈の短い服を着た給仕《ボーイ》が、「とも」[36]のサロンに、ビール、果物、洋酒のコップを持って、忙しく行き来していた。サロン[37]には「会社のオッかない人、船長、監督、それにカムサツカで警備の任に当たる駆逐艦の御大《おんたい》[38]、水上警察の署長さん、海員組合の折鞄《おりかばん》[39]」がいた。

「畜生、ガブガブ飲むったら、ありゃしない。」――給仕はふくれかえっていた。

漁夫の「穴」に浜なす[40]のような豆電気がついた。煙草の煙や人いきれで、空気が濁って、臭く、穴全体がそのまま「糞壺《くそつぼ》」だった。区切られた寝床にゴロゴロしている人間が、蛆虫《うじむし》[41]のようにうごめいて見えた。――漁業監督を先頭に、船長、工場代表、雑夫長がハッチを下りて入って来た。船長は先のハネ上がっている髭《ひげ》を気にして、始終ハンカチで上唇を撫《な》でつけた。通路には、林檎やバナナの皮、グジョグジョした高丈《たかじょう》[42]、鞋《わらじ》、飯粒のこびりついている薄皮などが捨ててあった。流れのとまった泥溝《どぶ》だった。監督はじろりそれを見ながら、無遠慮に唾をはいた。――どれも飲んで来たらしく、顔を赤くしていた。

34 **カムサツカ**　カムチャツカ。当時ソ連領の、アジア大陸から太平洋に突出する半島。ここは、カムチャツカ沿岸の蟹漁をさす。35 **蛸**　土木作業の人夫のこと。36 **とも**　高級船員のこと。37 **駆逐艦**　魚雷などを搭載した海軍の艦船の一つ。38 **御大**　親分、大将、おかしら。39 **折鞄**　書類などを入れて、二つ折りにして携帯するかばん。ここでは事務方のこと。40 **浜なす**　バラ科の落葉低木。春から夏にかけて約六―一〇センチメートルの濃い紅色の花が咲く。41 **蛆虫**　ハエやアブなどの幼虫の総称。腐敗物や汚物に発生する。42 **高丈**　地下足袋のこと。

「ちょっといっておく。」監督が土方の棒頭《ぼうがしら》[43]のように頑丈な身体で、片足を寝床の仕切りの上にかけて、楊子《ようじ》で口をモグモグさせながら、時々歯にはさまったものを、トツトツと飛ばして、口を切った。

「分かってるものもあるだろうが、いうまでもなくこの蟹工船の事業は、ただ単にだ、一会社の儲《もう》け仕事と見るべきではなくて、国際上の一大問題なのだ。我々が——我々日本帝国人民が偉いか、露助《ろすけ》[44]が偉いか。一騎打ちの戦いなんだ。それにもし、もしもだ、そんなことは絶対にあるべきはずはないが、負けるようなことがあったら、睾丸《きんたま》をブラ下げた日本男児は腹でも切って、カムサツカの海の中にブチ落ちることだ。身体が小さくたって、のろまな露助に負けてたまるもんじゃない。」

「それに、我がカムサツカの漁業は蟹缶詰ばかりでなく、鮭《さけ》、鱒《ます》と共に、国際的にいってだ、他の国とは比べもならない優秀な地位を保っており、また日本国内の行き詰まった人口問題、食料問題に対して重大な使命を持っているのだ。こんなことをしゃべったって、お前らには分かりはしないだろうが、ともかくだ、日本帝国の大きな使命のために、俺たちは命を的に、北海の荒波をつッ切って行くのだということを知っててもらわにゃならない。だからこそ、あっちへ行っても始終我が帝国の軍艦が我々を守っていてくれることになっているのだ……それを今流行《はやり》の露助の真似をして、とんでもないことをケシかけるものがあるとしたら、それこそ、取りも直さず日本帝国を売るものだ。こんなことは無いはずだが、よく覚えておいてもらうことにする……。」

監督は酔いざめの[45]くさめを何度もした。

酔っ払った駆逐艦の御大はバネ仕掛けの人形のようなギクシャクした足取りで待たしてあるランチに乗るために、[46]タラップを下りて行った。水兵が上と下から、[47]カントン袋に入れた石ころみたいな艦長を抱えて、ほとんど持てあましてしまった。手を振ったり、足をふんばったり、勝手なことをわめく艦長のために、水兵は何度も真正面《まとも》から自分の顔に「唾」を吹きかけられた。

「表じゃ、なんとか、かんとか偉いことをいって、このざまなのだ。」

艦長をのせてしまって、一人がタラップのおどり場からロープを外しながら、ちら

43 棒頭　人足（力仕事に従事する労働者）のかしら。　44 露助　ロシア人を侮蔑を込めて呼んだ語。　45 くさめ　くしゃみ。　46 タラップ　船の乗り降りに用いられるはしご段。［オランダ語 trap］　47 カントン袋　ジュート製の袋。

カントン袋

っと艦長のほうを見て、低い声でいった。

「やっちまうか!?……」

二人はちょっと息をのんだ、が……声を合わせて笑い出した。

二

[48]祝津《しゅくつ》の灯台が、回転するたびにキラッキラッと光るのが、ずウと遠い右手に、一面灰色の海のような海霧《ガス》の中から見えた。それが他方へ回転してゆくとき、何か神秘的に、長く、遠く白銀色の光芒《こうぼう》を何[49]カイリもサッと引いた。

[50]留萌《るもい》の沖あたりから、細かい、ジュクジュクした雨が降り出してきた。漁夫や雑夫は蟹の鋏《はさみ》のようにかじかんだ手を時々はすかいに懐の中につっこんだり、口のあたりを両手でまるく囲んで、ハアーと息をかけたりして働かなければならなかった。――納豆の糸のような雨がしきりなしに、それと同じ色の不透明な海に降った。が、[51]稚内《わっかない》に近くなるに従って、雨が粒々になって来、広い海の面が旗でもなびくように、うねりが出てきて、そしてまたそれが細かくせわしくなった。――風が[52]マストに当たると

不吉に鳴った。鋲《びょう》がゆるみでもするように、ギイギイと船のどこかが、しきりなしにきしんだ。[53]宗谷《そうや》海峡に入った時は、三千トンに近いこの船が、しゃっくりにでも取りつかれたようにギク、シャクし出した。何か素晴らしい力でグイと持ち上げられる。船が一瞬間宙に浮かぶ。——が、ぐウと元の位置に沈む。エレヴエターで下りる瞬間の、小便がもれそうになる、くすぐったい不快さをそのたびに感じた。雑夫は黄色になえて、船酔いらしく眼だけとんがらせて、ゲエ、ゲエしていた。

波のしぶきで曇ったまるい舷窓から、ひょいひょいと[54]樺太《からふと》の、雪のある山並みの堅い線が見えた。しかしすぐそれはガラスの外へ、アルプスの氷山のようにモリモリとむくれ上がってくる波に隠されてしまう。寒々とした深い谷ができる。それがみるみる近付いてくると、窓のところへドッと打ち当たり、砕けて、ザアー……と泡立つ。そして、そのまま後ろへ、後ろへ、窓をすべって、パノラマ[55]のように流れてゆく、

48 **祝津** 小樽市の祝津海岸。日和山灯台がある。 49 **カイリ** 航海上の距離の単位。一カイリは約一八五二メートル。 50 **留萌** 北海道北西部の日本海に面する市。 51 **稚内** 北海道の最北端にある市。 52 **マスト** 船の帆柱。［オランダ語］mast 53 **宗谷海峡** 北海道と樺太の間の海峡。日本海とオホーツク海を結ぶ。 54 **樺太** ロシア名サハリンの日本名。北海道の北に位置し南北に長く伸びる島。 55 **パノラマ** 半円形の背景画の前に人や草木などの模型を置き、照明を当てて、立体的で広々した実景を見ている印象を与える装置。［英語］panorama

船は時々子供がするように、身体を揺すった。棚からものが落ちる音や、ギーイと何かたわむ音や、波に横ッ腹がドブーンと打ち当たる音がした。——その間中、機関室からは機関の音が色々な器具を伝って、直接《じか》に少しの震動を伴って、ドッ、ドッ、ドッ……と響いていた。時々波の背に乗ると、[56]スクリュが空回りをして、翼で水の表面をたたきつけた。

風はますます強くなってくるばかりだった。二本のマストは釣《つ》り竿《ざお》のようにたわんで、ビュウビュウ泣き出した。波は丸太棒《まるたんぼう》の上まで一またぎするぐらいの無雑作で、船の片側から他の側へ暴力団のようにあばれ込んできて、流れ出て行った。その瞬間、出口がザアーと滝になった。

みるみるもり上がった山の、恐ろしく大きな斜面へ玩具《おもちゃ》の船ほどに、ちょこんと横にのッかることがあった。と、船はのめったように、ドッ、ドッ、とその谷底へ落ちこんでゆく。今にも、沈む！　が、谷底にはすぐ別な波がむくむくと起《た》ち上がってきて、ドシンと船の横腹と体当たりをする。

[57]オホッツク海へ出ると、海の色がハッキリもっと灰色がかってきた。着物の上からゾクゾクと寒さが刺し込んできて、雑夫は皆唇を[58]ブシ色にして仕事をした。寒くなれ

ばなるほど、塩のように乾いた、細かい雪がビュウ、ビュウ吹きつのってきた。それはガラスの細かいカケラのように甲板に這いつくばって働いている雑夫や漁夫の顔や手に突きささった。波が一波甲板を洗っていった後は、すぐ凍えて、デラデラに滑った。皆はデッキからデッキへロープを張り、それに各自がおしめのようにブラ下がり、作業をしなければならなかった。――監督は鮭殺しの棍棒《こんぼう》をもって、大声で怒鳴り散らした。

同時に函館を出帆した他の蟹工船は、いつの間にか離れ離れになってしまっていた。それでも思い切りアルプスの絶頂に乗り上がったとき、溺死者が両手を振っているように、揺られに揺られている二本のマストだけが遠くに見えることがあった。煙草の煙ほどの煙が、波とすれずれに吹きちぎられて、飛んでいた。……波浪と叫喚のなかから、確かにその船が鳴らしているらしい汽笛が、間を置いてヒュウ、ヒュウと聞こえた。が、次の瞬間、こっちがアブ、アブでもするように、谷底に転落していった。

56 スクリュ　船の推進器。数枚の羽根を回転させて船を推進させる装置。［英語］screw　57 オホッツク海　アジア大陸北東部、カムチャツカ半島、千島列島、北海道、サハリンに囲まれた海。オホーツク海。58 ブシ色　北海道の方言で青紫色。

蟹工船には川崎船《かわさきぶね》[59]を八隻のせていた。船員も漁夫もそれを何千匹の鱶《ふか》[60]のように、白い歯をむいてくる波にもぎ取られないように、縛りつけるために、自分らの命を「安々」と賭けなければならなかった。――「貴様らの一人、二人がなんだ。川崎一艘《ぱい》取られてみろ、たまったもんでないんだ。」――監督は日本語でハッキリそういった。

カムサツカの海は、よくも来やがった、と待ちかまえていたように見えた。ガツ、ガツに飢えている獅子《しし》のように、いどみかかってきた。船はまるで兎《うさぎ》より、もっと弱々しかった。空一面の吹雪は風の具合で、白い大きな旗がなびくように見えた。夜近くなってきた。しかし時化《しけ》は止《や》みそうもなかった。

仕事が終わると、皆は「糞壺」の中へ順々に入り込んできた。手や足は大根のように冷えて、感覚なく身体についていた。皆は蚕《かいこ》のように、各々の棚の中に入ってしまうと、誰も一口も口をきくものがいなかった。ゴロリと横になって、鉄の支柱につかまった。船は、背に食いついている虻《あぶ》を追い払う馬のように、身体をヤケに振っている。漁夫はあてのない視線を白ペンキが黄色に煤《すす》けた天井にやったり、ほとんど海の中に入りッ切りになっている青黒い円窓にやったり……中には、呆《ほう》けたようにキョトンと口を半開きにしているものもいた。誰も、何も考えていなかった。漠然とした不安な自覚が、皆を不機嫌にだまらせていた。

顔を仰向けにして、グイとウイスキーをラッパ飲みにしている。赤黄く濁った、にぶい電灯のなかでチラッと瓶の角が光ってみえた。——ガラ、ガラッ、とウイスキーの空き瓶が二、三カ所に稲妻形に打ち当たって、棚から通路に力一杯に投げ出された。皆は頭だけをその方に向けて、眼で瓶を追った。——隅のほうで誰か怒った声を出した。時化にとぎれて、それが片言のように聞こえた。

「日本を離れるんだど。」円窓を肱《ひじ》で拭っている。

「糞壺」のストーヴはブスブス燻《くすぶ》ってばかりいた。鮭や鱒と間違われて、「冷蔵庫」へ投げ込まれたように、その中で「生きている」人間はガタガタ顫《ふる》えていた。ズック[61]で覆ったハッチの上をザア、ザアと波が大股に乗り越して行った。それが、そのたびに太鼓の内部みたいな「糞壺」の鉄壁に、物凄《ものすご》い反響を起こした。時々漁夫の寝てい

59 川崎船　小型の発動機付き漁船。蟹工船に付属した。60 鱶　サメの俗称。61 ズック　綿や麻などを用いた厚手の平織り布。［オランダ語］doek

るすぐ横が、グイと男の強い肩でつかれたように、ドシンとくる。——今では、船は断末魔の鯨が、荒れ狂う波濤《はとう》の間に身体をのたうっている、そのままだった。

「飯だ!」賄いがドアーから身体の上半分をつき出して、口で両手を囲んで叫んだ。

「時化てるから汁なし。」

「なんだって?」

「腐れ[62]塩引き!」顔をひっこめた。

思い、思い身体を起こした。飯を食うことには、皆は囚人のような執念さを持っていた。ガツガツだった。

塩引きの皿を安坐をかいた股の間に置いて、湯気をふきながら、バラバラした熱い飯を頬ばると、舌の上でせわしく、あちこちへやった。「初めて」熱いものを鼻先にもってきたために、水洟《みずばな》がしきりなしに下がって、ひょいと飯の中に落ちそうになった。

飯を食っていると、監督が[64]入ってきた。

[63]「いけホイドして、ガツガツまくらうな。仕事もろくにできない日に、飯はたらふく食われてたまるもんか。」

ジロジロ棚の上下を見ながら、左肩だけを前の方へ揺すって出て行った。

「一体あいつにあんなことをいう権利があるのか。」――船酔いと過労で、ゲッソリやせた学生上がりがブツブツいった。

「浅川[65]ッたら蟹工の浅か、浅の蟹工かッてな。」

「天皇陛下は雲の上にいるから、俺たちにャどうでもいいんだけど、浅ってなれば、どっこいそうはいかないからな。」

　別な方から、

「ケチケチすんねえ、なんだ、飯の一杯、二杯！　なぐってしまえ！」唇を尖《と》んがらした声だった。

「偉い偉い。そいつを浅の前でいえればなお偉い！」

　皆は仕方なく、腹を立てたまま、笑ってしまった。

　夜、よほど過ぎてから、雨合羽《あまがっぱ》を来た監督が、雑夫の寝ているところへ入ってきた。

62 塩引き　塩漬けの魚。63 いけホイド　がつがつとやたらに欲しがること。64 まくらうな　食べるな。65 浅川　監督の名。

船の動揺を棚の枠につかまって支えながら、一々雑夫の間にカンテラを差しつけて歩いた。南瓜《かぼちゃ》のようにゴロゴロしている頭を、無遠慮にグイグイと向き直して、カンテラで照らしてみていた。フンづけられたって、眼を覚ますはずがなかった。全部照らし終わると、ちょっと立ち止まって舌打ちをした。——どうしようか、そんな風だった。が、すぐ次の賄い部屋のほうへ歩き出した。末広な、青ッぽいカンテラの光が揺れるたびに、ゴミゴミした棚の一部や、脛《すね》の長い防水ゴム靴や、支柱に懸けてあるド[66]ザや袢天、それに行李《こうり》[67]などの一部分がチラ、チラッと光って、消えた。——足元に光が顫えながら一瞬間溜《た》まると、今度は賄いのドアーに幻灯のようなまるい光の輪を写した。——次の朝になって、雑夫の一人が行方不明になったことが知れた。

皆は前の日の「無茶な仕事」を思い、「あれじゃ、波にさらわれたんだ。」と思った。イヤな気持ちがした。しかし雑夫たちは未明から追い回されたので、そのことではお互いに話すことができなかった。

「こったら冷《しゃ》ッこい水さ、誰が好き好んで飛び込むって！　隠れてやがるんだ。見付けたら、畜生、タタキのめしてやるから！」

監督は棍棒を玩具のようにグルグル回しながら、船の中を探して歩いた。

時化頂上を過ぎてはいた。それでも、船が行き先にもり上がった波に突き入ると、「おもて」の甲板を、波は自分の敷居でもまたぐようになんの雑作もなく、乗り越してきた。一昼夜の闘争で、満身に痛手を負ったように、船はどこか跛《びっこ》[68]な音をたてて進んでいた。薄い煙のような雲が、手が届きそうな上を、マストに打ち当たりながら、急角度を切って吹きとんで行った。小寒い雨がまだ止んでいなかった。四囲にもりもりと波がムクレ上がってくると、海に射し込む雨足がハッキリ見えた。それは原始林の中に迷いこんで、雨に会うのよりももっと不気味だった。

麻のロープが鉄管でも握るようにバリ、バリに凍えている。学生上がりが、すべる足元に気を配りながら、それにつかまって、デッキを渡ってゆくと、タラップの段々を一つ置きに片足で跳躍して上がってきた給仕に会った。

「チョット」給仕が風の当たらない隅に引っ張って行った。「面白いことがあるんだよ。」といって、話してきかせた。

66 ドザ　保温のため、または布の補強のために、木綿糸で刺繍をした着物。67 行李　柳や籐《とう》、竹などで編んだ箱型の物入れ。68 跛　対であるべきものの形や大きさが不ぞろいなこと。

——今朝の二時頃だった。ボート・デッキの上まで波が躍り上がって、間を置いて、バジャバジャ、ザアッとそれが滝のように流れていた。夜の闇の中で、波が歯をムキ出すのが時々青白く光ってみえた。時化のために皆寝ずにいた。その時だった。

船長室に無電係[69]があわててかけ込んできた。

「船長、大変です。S・O・Sです！」

「S・O・S？——何船だ？」

「秩父《ちちぶ》丸《まる》です。本船と並んで進んでいたんです。」

「ボロ船だ、それア！」——浅川が雨合羽を着たまま、隅の方の椅子に大きく股を開いて、腰をかけていた。片方の靴の先だけを、小馬鹿にしたように、カタカタ動かしながら笑った。「もっとも、どの船だって、ボロ船だがな。」

「一刻といえないようです。」

「うん、それア大変だ。」

船長は[70]舵機室《だきしつ》に上がるために、急いで、身仕度もせずにドアーを開けようとした。しかし、まだ開けないうちだった。いきなり、浅川が船長の右肩をつかんだ。

「余計な寄り道せって、誰が命令したんだ。」

誰が命令した？「船長」ではないか。――が、とっさのことで、船長は棒杭《ぼうぐい》より、もっとキョトンとした。しかし、すぐ彼は自分の立場を取り戻した。

「船長としてだ。」

「船長としてだア――ア？」船長の前に立ちはだかった監督が、尻上がりの侮辱した調子で抑えつけた。「おい、一体これア誰の船だんだ。会社が傭船《チアタア》[71]してるんだで、金を払って。ものをいえるのア会社代表の須田《すだ》さんとこの俺だ。お前なんぞ、船長といってりゃ大きな顔してるが、糞場の紙ぐれえの価値《ねうち》もねえんだど。分かってるか。――あんなものにかかわってみろ。一週間もフイになるんだ。冗談じゃない。一日でも遅れてみろ！　それに秩父丸にはもったいないほどの保険がつけてあるんだ。ボロ船だ、沈んだらかえって得するんだ。」

給仕は「今」恐ろしい喧嘩《けんか》が！　と思った。それが、それだけで済むはずがない。だが（！）船長は咽喉《のど》へ綿でもつめられたように、立ちすくんでいるではないか。給仕はこんな場合の船長をかつて一度だって見たことがなかった。船長のいったことが

69 S・O・S　遭難信号。　70 舵機室　船の操縦室。　71 傭船　船を借りること。また、その船。［英語］charter

通らない？　馬鹿、そんなことが！　だが、それが起こっている。――給仕にはどうしても分からなかった。

「人情味なんか柄でもなく持ち出して、国と国との大相撲がとれるか！」唇を思いッ切りゆがめて唾をはいた。

無電室では受信機が時々小さい、青白い火花《スパアクル》を出して、しきりなしになっていた。とにかく経過を見るために、皆は無電室に行った。

「ね、こんなに打っているんです。――だんだん早くなりますね。」

係は自分の肩越しに覗き込んでいる船長や監督に説明した。――皆は色々な機械のスウィッチやボタンの上を、係の指先が、あちこち器用にすべるのを、それに縫いつけられたように眼で追いながら、思わず肩と顎根《あごね》に力をこめて、じいっとしていた。

船の動揺のたびに、腫れ物のように壁に取り付けてある電灯が、明るくなったり暗くなったりした。横腹に思いッ切り打ち当たる波の音や、絶えずならしている不吉な警笛が、風の具合で遠くなったり、すぐ頭の上に近くなったり、鉄の扉を隔てて聞こえていた。

ジイ――、ジイ――イと、長く尾を引いて、スパアクルが散った。と、そこで、ピタリ音がとまってしまった。それが、その瞬間、皆の胸へドキリときた。係はあわてて、スウィッチをひねったり、機械をせわしく動かしたりした。が、それッ切りだった。もう打ってこない。

係は身体をひねって、回転椅子をぐるりとまわした。

「沈没です！……。」

頭から受信機を外しながら、そして低い声でいった。「乗組員四百二十五人。最後なり。救助される見込みなし。S・O・S、S・O・S、これが二、三度続いて、それで切れてしまいました。」

それを聞くと、船長は頸とカラア[72]の間に手をつッこんで、息苦しそうに頭をゆすって、頸をのばすようにした。無意味な視線で、落ち着きなく四囲を見回してから、ドアーのほうへ身体を向けてしまった。そして、ネクタイの結び目あたりを抑えた。——

——その船長は見ていられなかった。

……………………………………………………………………

72 カラア　洋服の襟。［英語］collar

学生上がりは、「ウム、そうか！」といった。その話にひきつけられていた。——しかし暗い気持ちがして海に眼をそらした。海はまだ大うねりにうねり返っていた。水平線が見る間に足の下になるかと思うと、二、三分もしないうちに、谷から狭められた空を仰ぐように、下へ引きずりこまれていた。

「本当に沈没したかな。」独り言が出る。気になって仕方がなかった。——同じように、ボロ船に乗っている自分たちのことが頭にくる。

——蟹工船はどれもボロ船だった。労働者が北オホッツクの海で死ぬことなどは、丸ビル[73]にいる重役には、どうでもいいことだった。資本主義がきまりきった所だけの利潤では行き詰まり、金利が下がって金がダブついてくると、「文字通り」どんなことでもするし、どんな所へでも、死物狂いで血路を求め出してくる。そこへもってきて、船一艘《そう》でマンマと何十万円が手に入る蟹工船、——彼らの夢中になるのは無理がない。

蟹工船は「工船」（工場船）であって、「航船」ではない。だから航海法は適用されなかった。二十年間の間も繋《つな》ぎッ放しになって、沈没させることしかどうにもならないヨロヨロな「梅毒患者」[74]のような船が、恥ずかしげもなく、上べだけの濃化粧《こいげしょう》をほどこされて、函館へ回ってきた。日露戦争で「名誉にも」ビッコにされ、魚のハラワタのように放って置かれた病院船や運送船が、幽霊よりも影のうすい姿を現した。——少し蒸気を強くすると、パイプが破れて、吹いた。露国の監視船に追われて、スピードをかけると、(そんな時は何度もあった。)船のどの部分もメリメリ鳴って、今にもその一つ、一つがバラバラにほぐれそうだった。中風《ちゆうぶう》[75]患者のように身体をふるわした。

しかし、それでも全くかまわない。なぜなら、日本帝国のためどんなものでも立ち上がるべき「秋《とき》」だったから。——それに、蟹工船は純然たる「工場」だった。しかし工場法の適用もうけていない。それでこれぐらい都合のいい、勝手にできるところはなかった。

利口な重役はこの仕事を「日本帝国のため」と結びつけてしまった。嘘《うそ》のような金が、そしてゴッソリ重役の懐に入ってくる。彼はしかしそれをモット確実なものにするために、「代議士」に出馬することを、自動車をドライヴしながら考えている。——

73 **丸ビル** 東京都千代田区丸の内にあるオフィスビル、丸の内ビルヂングのこと。一九二三(大正一二)年完成。
74 **梅毒** 性病の一種。病気の第一期には陰部にしこりや潰瘍ができ、第二期には全身に赤い斑点や膿が溜まった水疱《すいほう》ができる。第三期には臓器や筋肉、骨などに結節や固いしこりができ、崩壊して潰瘍になる。第四期には神経や心臓・血管系も冒される。
75 **中風** 脳卒中の後遺症として主に半身不随となる状態のことをいう。

——が、恐らく、それとカッキリ一分も違わない同じ時に、秩父丸の労働者が、何千マ[76]イルも離れた北の海で、割れたガラス屑のように鋭い波と風に向かって死の戦いを戦っているのだ！

……学生上がりは「糞壺」のほうへ、タラップを下りながら考えていた。

「他人《ひと》ごとではないぞ。」

「糞壺」の梯子を下りると、すぐ突き当たりに、誤字沢山《だくさん》で、

> 雑夫、宮口を発見せるものには、バット[77]
> 二つ、手拭い一本を賞与としてくれるべし。
>
> 浅川監督

と、書いた紙が、糊代わりに使った飯粒のボコボコを見せて、貼らさってあった。

三

霧雨が何日も上がらない。それでボカされたカムサツカの沿線が、するすると八ツ目鰻《うなぎ》[78]のように延びて見えた。

沖合四カイリのところに、博光丸が錨を下ろした。——三カイリまでロシアの領海なので、それ以内に入ることはできない「ことになっていた」。

網さばきが終わって、いつからでも蟹漁ができるように準備ができた。カムサツカの夜明けは二時頃なので、雑夫たちはすっかり身仕度をし、股までのゴム靴をはいたまま、折り箱[79]の中に入って、ゴロ寝をした。

周旋屋にだまされて、連れて来られた東京の学生上がりは、こんなはずがなかった、とブツブツいっていた。

「独り寝だなんて、ウマイことといいやがって!」

「ちげえねえ、独り寝さ。ゴロ寝だもの。」

76 マイル　ヤード・ポンド法の長さの単位。一マイルは一六〇九・三四四メートル。[英語] mile 77 バット　日本の煙草の銘柄「ゴールデン・バット」の愛称。値段が安かった。78 八ツ目鰻　ヤツメウナギ科の魚類の総称。体長一〇—六〇センチメートル。ウナギに似る。目の後方にエラ穴が七つあり、八つの目があるように見える。

79 折り箱　薄く削った板などを折り曲げて作った箱。

学生は十七、八人来ていた。六十円を前借りすることに決めて、汽車賃、宿料、毛布、布団、それに周旋料を取られて、結局船へ来たときには、一人七、八円の借金(!)になっていた。それが初めて分かったとき、貨幣《かね》だと思って握っていたのが、枯れ葉であったより、もっと彼らはキョトンとしてしまった。――初め、彼らは青鬼、赤鬼の中に取り巻かれた亡者のように、漁夫の中に一かたまりに固まっていた。

函館を出帆してから、四日目ころから、毎日のボロボロな飯といつも同じ汁のために、学生は皆身体の具合を悪くしてしまった。寝床に入ってから、膝を立てて、お互いに脛《すね》[80]を指で押していた。何度も繰りかえして、そのたびに引っこんだとか、引っこまないとか、彼らの気持ちは瞬間明るくなったり、暗くなったりした。脛をなでてみると、弱い電気に触れるように、しびれるのが二、三人出てきた。棚の端から両足をブラ下げて、膝頭を手刀で打って、足が飛び上がるか、どうかを試した。それに悪いことには、「通じ」[81]が四日も五日も無くなっていた。学生の一人が医者に通じ薬をもらいに行った。帰ってきた学生は、興奮から青い顔をしていた。――「そんなぜいたくな薬なんて無いとよ。」

「んだべ。船医なんてんなものよ。」そばで聞いていた古い漁夫がいった。

「どこの医者も同じだよ。俺のいたところの会社の医者もんだった。」坑山の漁夫だった。

皆がゴロゴロ横になっていたとき、監督が入ってきた。

「皆、寝たか――ちょっと聞け。秩父丸が沈没したっていう無電が入ったんだ。生死の詳しいことは分からないそうだ。」唇をゆがめて、唾をチェッとはいた。癖だった。

学生は給仕からきいたことが、すぐ頭にきた。自分が現に手をかけて殺した四、五百人の労働者の生命のことを、平気な顔でいう。海にタタキ込んでやっても足りない奴《やつ》だ、と思った。皆はムクムク頭をあげた。急に、ザワザワお互いに話し出した。浅川はそれだけいうと、左肩だけを前のほうに振って出て行った。

行方の分からなかった雑夫が、二日前にボイラー[82]のそばから出てきたところをつかまった。二日隠れていたけれども、腹が減って、腹が減って、どうにもできず、出て

80　脛を指で押していた　栄養失調によるむくみを確認している。　81　膝頭を手刀で打って「膝蓋腱《しつがいけん》反射」を確認している。健康な場合、膝頭の下を軽くたたくと、脚が跳ね上がる反射が見られるが、ビタミンB1の欠乏などにより、この反射が見られなくなる。　82　ボイラー　湯を沸かして、高い温度や圧力の蒸気を発生させる装置。蒸気を発電や動力に利用する装置。［英語］boiler

来たのだった。つかんだのは中年過ぎの漁夫だった。若い漁夫がその漁夫をなぐりつけるといって、怒った。

「うるさい奴だ。煙草のみでもないのに、煙草の味が分かるか。」バットを二個手に入れた漁夫はうまそうに飲んでいた。

雑夫は監督にシャツ一枚にされると、二つあるうちの一つのほうの便所に押し込まれて、表から錠を下ろされた。初め、皆は便所へ行くのを嫌った。隣りで泣きわめく声が、とても聞いていられなかった。二日目にはその声がかすれて、ヒエ、ヒエしていた。そして、そのわめきが間を置くようになった。その日の終わり頃に、仕事を終わった漁夫が、気がかりですぐ便所のところへ行ったが、もうドアーを内側から叩《たた》きつける音もしていなかった。こっちから合図をしても、それが返ってこなかった。――その遅く、[83]睪隠《きんかく》しに片手をもたれかけて、便所紙の箱に頭を入れ、うつぶせに倒れていた宮口が、出されてきた。唇の色が青インキをつけたように、ハッキリ死んでいた。

朝は寒かった。明るくなってはいたが、まだ三時だった。かじかんだ手を懐につッこみながら、背をまるくして起き上がってきた。監督は雑夫や漁夫、水夫、火夫の室まで見回って歩いて、風邪をひいているものも、病気のものも、かまわず引きずり出した。

風は無かったが、甲板で仕事をしていると、手と足の先が擂粉木《すりこぎ》[84]のように感覚が無くなった。雑夫長が大声で悪態をつきながら、十四、五人の雑夫を工場に追いこんでいた。彼の持っている竹の先には皮がついていた。それは工場で怠けているものを機械の枠越しに、向こう側でもなぐりつけることができるように、造られていた。

「昨夜《ゆうべ》出されたきりで、ものもいえない宮口を今朝からどうしても働かさなけアならないって、さっき足で蹴ってるんだよ。」

学生上がりになじんでいる弱々しい身体の雑夫が、雑夫長の顔を見い見い、そのことを知らせた。

「どうしても動かないんで、とうとうあきらめたらしいんだけど。」

そこへ、監督が身体をワクワクふるわせている雑夫を後からグイ、グイ突きながら、押して来た。寒い雨に濡《ぬ》れながら仕事をさせられたために、その雑夫は風邪をひき、

83 　睾隠し　和式便器の前の部分に設けた覆い。　84　擂粉木　すり鉢で物をすり潰すときに用いる棒。

それから肋膜《ろくまく》[85]を悪くしていた。寒くないときでも、始終身体をふるわしていた。子供らしくない皺を眉の間に刻んで、血の気のない薄い唇を妙にゆがめて、疳《かん》[86]のピリピリしていたような眼差しをしていた。彼が寒さに堪えられなくなって、ボイラーの室にウロウロしていたところを、見付けられたのだった。

出漁のために、川崎船をウインチから降ろしていた漁夫たちは、その二人を何もいえず、見送っていた。四十ぐらいの漁夫は、見ていられないという風に、顔をそむけると、イヤイヤをするように頭をゆるゆる二、三度振った。

「風邪をひいてもらったり、不貞寝《ふてね》をされてもらったりするために、高い金払って連れて来たんじゃないんだぜ。——馬鹿野郎、余計なものを見なくたっていい！」

監督が甲板を棍棒で叩いた。

「監獄だって、これより悪かったら、お目にかからないで！」

「こんなこと内地《くに》さ帰って、なんぼ話したって本当にしねんだ。」

「んさ。——こったらことって第一あるか。」

[87]ステイムでウインチがガラガラ回り出した。川崎船は身体を空にゆすりながら、一斉に降り始めた。水夫や火夫も狩り立てられて、甲板のすべる足元に気を配りながら、

走り回っていた。それらのなかを監督は鶏冠《とさか》を立てた牡鶏《おんどり》のように見回った。

仕事の切れ目ができたので、学生上がりがちょっとの間、風を避けて、荷物のかげに腰を下ろしていると、炭山《やま》から来た漁夫が口のまわりに両手をまるく囲んで、ハア、ハア息をかけながら、ひょいと角を曲がってきた。

「生命的《えのちまと》だな!」[88] それが――心からフイと出た実感が思わず学生の胸を衝《つ》いた。「やっぱし炭山と変わらないで。死ぬ思いばしないと、生《え》きられないなんてな。――瓦斯《ガス》も恐《お》ッかねど、波もおっかねしな。」

昼過ぎから、空の模様がどこか変わってきた。薄い海霧《ガス》が一面に――しかしそうでないといわれれば、そうとも思われるほど、淡くかかった。波は風呂敷でもつまみ上げたように、無数に三角形に騒ぎ立った。風が急にマストを鳴らして吹いて行った。荷物にかけてあるズックの覆いの裾がバタバタとデッキをたたいた。

「兎が飛ぶどオ――兎が!」誰か大声で叫んで、右舷のデッキを走って行った。その

85 肋膜　肺を包む膜。86 疳　「癇」とも書く。ささいなことに興奮し、イライラしたり怒り出したりする性質。
87 ステイム　蒸気。［英語］steam　88 生命的　「命を的にかける」のこと。命がけで働くこと。

声が強い風にすぐちぎり取られて、意味のない叫び声のように聞こえた。
もう海一面、三角波の頂きが白いしぶきを飛ばして、無数の兎があたかも大平原を飛び上がっているようだった。――それがカムサツカの「突風」の前ブレだった。にわかに底潮の流れが早くなってくる。船が横に身体をずらし始めた。今まで右舷に見えていたカムサツカが、分からないうちに左舷になっていた。――船に居残って仕事をしていた漁夫や水夫はあわてて出した。

すぐ頭の上で、警笛が鳴り出した。皆は立ち止まったまま、空を仰いだ。すぐ下にいるせいか、斜め後ろに突き出ている、思わないほど太い、湯桶《ゆおけ》のような煙突が、ユキユキと揺れていた。その煙突の腹の[89]独逸《ドイツ》帽のような[90]ホイッスルから鳴る警笛が、荒れ狂っている暴風の中で、何か悲壮に聞こえた。――遠く本船を離れて、漁に出ている川崎船が絶え間なく鳴らされているこの警笛を頼りに、時化をおかして帰ってくるのだった。

薄暗い機関室への降り口で、漁夫と水夫が固まりあって騒いでいた。斜め上から船の動揺のたびに、チラチラ薄い光の束が洩《も》れていた。興奮した漁夫の色々な顔が、瞬間瞬間、浮き出て、消えた。

「どうした？」坑夫がその中に入り込んだ。

「浅川の野郎ば、なぐり殺すんだ！」殺気だっていた。

監督は実は今朝早く、本船から十カイリほど離れたところに碇《とま》っていた××丸から「突風」の警戒報を受け取っていた。それにはもし川崎船が出ていたら、至急呼び戻すようにさえ付け加えていた。その時、「こんなことに一々ビク、ビクしていたら、このカムサツカまでワザワザ来て仕事なんかできるかい。」――そう浅川のいったことが、無線係から洩れた。

それを聞いた最初の漁夫は、無線係が浅川ででもあるように、怒鳴りつけた。「人間の命をなんだって思ってやがるんだ！」

「人間の命？」

「そうよ。」

「ところが、浅川はお前たちをどだい人間だなんて思っていないよ。」

89 独逸帽　ドイツで第一次世界大戦後、軍隊の帽子として採用された山岳帽のこと。90 ホイッスル　船の警笛。
［英語］whistle

何かいおうとした漁夫は吃《ども》ってしまった。彼は真っ赤になった。そして皆のところへかけ込んできたのだった。

皆は暗い顔に、しかし、争われず底からジリジリ来る興奮をうかべて、立ちつくしていた。父親が川崎船で出ている雑夫が、雑夫たちの集まっている輪の外をオドオドしていた。ステイ[91]が絶え間なしに鳴っていた。頭の上で鳴るそれを聞いていると、漁夫の心はギリ、ギリと切り苛《さいな》まれた。

夕方近く、ブリッジ[92]から大きな叫び声が起こった。下にいた者たちはタラップの段を二つ置きぐらいにかけ上がった。——川崎船が二隻近づいてきたのだった。二隻はお互いにロープを渡して結び合っていた。

それは間近に来ていた。しかし大きな波は、川崎船と本船を、ガタンコ[93]の両端にのせたように、交互に激しく揺り上げたり、揺り下げたりした。次、次と、二つの間に波の大きなうねりがもり上がってローリング[94]した。眼の前にいて、なかなか近付かない。——歯がゆかった。甲板からはロープが投げられた。が、とどかなかった。それは無駄なしぶきを散らして、海へ落ちた。そしてロープは海蛇のように、たぐり寄せられた。それが何度もくり返された。こっちからは皆声をそろえて呼んだ。が、それには答えなかった。漁夫の顔の表情はマスクのように化石して、動かない。眼も何かを見た瞬間、そのまま硬《こ》わばったように動かない。――その情景は、漁夫たちの胸を、眼《ま》のあたり見ていられない凄さで、えぐり刻んだ。

またロープが投げられた。始めゼンマイ形に――それから鰻のようにロープの先がのびたかと思うと――その端が、それを捕えようと両手をあげている漁夫の首根を、横なぐりにたたきつけた。皆は「アッ！」と叫んだ。漁夫はいきなり、そのままの格好で横倒しにされた。が、つかんだ！　――ロープはギリギリとしまると、水のしたたりをしぼり落として、一直線に張った。こっちで見ていた漁夫たちは思わず肩から力を抜いた。

ステイは絶え間なく、風の具合で、高くなったり、遠くなったり鳴っていた。夕方になるまでに二艘を残して、それでも全部帰ってくることができた。どの漁夫も本船のデッキを踏むと、それっきり気を失いかけた。一艘は水船になってしまったために、

91 ステイ　船のマストを補強するために固定してある綱。　92 ブリッジ　船の甲板の前方部分。［英語］bridge
93 ガタンコ　シーソー。　94 ローリング　船が左右に大きく揺れること。［英語］rolling

錨を投げ込んで、漁夫が別の川崎に移って、帰ってきた。他の一艘は漁夫ともに全然行方不明だった。

監督はブリブリしていた。何度も漁夫の室へ降りて来て、また上がって行った。皆は焼き殺すような憎悪に満ちた視線で、だまって、そのたびに見送った。

翌日、川崎の捜索かたがた、蟹の後を追って、本船が移動することになった。「人間の五、六匹なんでもないけれども、川崎がいたましかった」からだった。

朝早くから、機関部が忙しかった。錨を上げる震動が、錨室と背中合わせになっている漁夫を煎豆《いりまめ》のようにハネ飛ばした。サイドの鉄板がボロボロになって、そのたびにこぼれ落ちた。――博光丸は北緯五十一度五分の所まで、錨をなげてきた第一号川崎船を捜索した。[95]結氷《けっぴょう》の砕片《かけら》が生きもののように、ゆるい波のうねりの間々に、ひょいひょい身体を見せて流れていた。が、所々、その砕けた氷が見る限りの大きな集団をなして、あぶくを出しながら、船をみるみるうちに真ん中に取り囲んでしまう、そんなことがあった。氷は湯気のような水蒸気をたてていた。と扇風機にでも吹かれるように「寒気」が襲ってきた。船のあらゆる部分が急にカリッ、カリッと鳴り出すと、水に濡れていた甲板や手すりに、氷が張ってしまった。船腹は白粉《おしろい》でもふりかけたように、霜の結晶でキラキラに光った。水夫や漁夫は両頬を抑えながら、甲板を走った。船は後に長く、曠野《あれの》の一本道のような跡をのこして、つき進んだ。

　川崎船はなかなか見つからない。

　九時近い頃になって、ブリッジから、前方に川崎が一艘浮かんでいるのを発見した。それが分かると、監督は「畜生、やっと分かりやがったど。畜生！」デッキを走って歩いて、喜んだ。すぐ発動機が降ろされた。が、それは探していた第一号ではなかった。それよりは、もっと新しい第36号と番号の打たれてあるものだった。明かに××××丸のものらしい鉄の浮標《ヴイ》がつけられていた。それで見ると××××丸がどこかへ移動する時に、元の位置を知るために、そうして置いて行ったものだった。

　浅川は川崎船の胴体を、指先でトントンたたいていた。

「これアどうしてバンとしたもんだ。」ニヤッと笑った。「引いて行くんだ。」

　そして第36号川崎船はウインチで、博光丸のブリッジに引きあげられた。川崎は身体を空でゆすりながら、雫《しずく》をバジャバジャ甲板に落とした。「一《ひと》働きをしてきた」そ

95 結氷　海の表面に張った氷。

んな大様な態度で、釣り上がって行く川崎を見ながら、監督が、

「大したもんだ。大したもんだ！」と独り言した。

網さばきをやりながら、漁夫がそれを見ていた。「なんだ泥棒猫！ チェン[96]でも切れて、野郎の頭さたたき落ちればえんだ。」

監督は仕事をしている彼らの一人一人を、そこから何かえぐり出すような眼付きで、見下ろしながらそばを通って行った。そして大工をせっかちなドラ声で呼んだ。するると、別なほうのハッチの口から、大工が顔を出した。

「なんです。」

見当外れをした監督は、振り返ると、怒りッぽく、「なんです？——馬鹿、番号をけずるんだ。カンナ[97]、カンナ。」

大工は分からない顔をした。

「あんぽんたん、来い！」

肩幅の広い監督のあとから、鋸《のこぎり》の柄を腰にさして、カンナを持った小柄な大工が、びっこでも引いているような危うい足取りで、甲板を渡って行った。——川崎船の第36号の「3」がカンナでけずり落とされて、「第六号川崎船」になってしまった。

「これでよし。これでよし。うッはア、ざま見やがれ！」監督は、口を三角形にゆがめると、背のびでもするように哄笑《こうしょう》した。

これ以上北航しても、川崎船を発見する当てがなかった。第三十六号川崎船の引き上げで、足ぶみをしていた船は、元の位置に戻るために、ゆるく、大きくカーヴをし始めた。空は晴れ上がって、洗われた後のように澄んでいた。カムサツカの連峰が絵葉書で見るスイッツル[98]の山々のように、くっきりと輝いていた。

行方不明になった川崎船は帰らない。漁夫たちは、そこだけが水溜《みずたま》りのようにボツンと空いた棚から、残して行った彼らの荷物や、家族のいる住所をしらべたり、それぞれ万一の時にすぐ処置ができるように取り纏《まと》めた。気持ちのいいことではなかった。それをしていると、漁夫たちは、まるで自分の痛いどこかを覗きこまれているようないらさを感じた。中積船[99]《なかづみ》が来たら托送《たくそう》しようと、同じ苗字《みょうじ》の女名前がその宛先になっ

96 チエン　チェーン。鎖。［英語］chain　97 カンナ　木材の表面を削り、木の肌をなめらかにする工具。98 スイッツル　スイスのこと。［英語］Switzerland　99 中積船　陸から遠洋漁業の漁獲船に必要物資を運搬し、漁獲物を陸に持ち帰る船。

ている小包や手紙が、彼らの荷物の中から出てきた。そのうちの一人の荷物の中から、片仮名と平仮名の交じった、鉛筆をなめり、なめり書いた手紙が出た。それが無骨な漁夫の手から、手へ渡されていった。彼らは豆粒でも拾うように、ボツリ、ボツリ、しかしむさぼるように、それを読んでしまうと、嫌なものを見てしまったという風に頭をふって、次に渡してやった。――子供からの手紙だった。

ぐずりと鼻をならして、手紙から顔を上げると、カスカスした低い声で、「浅川のためだ。死んだと分かったら、弔い合戦をやるんだ。」といった。その男は図体の大きい、北海道の奥地で色々なことをやってきたという男だった。もっと低い声で、

「奴、一人ぐらいタタキ落とせるべよ。」若い、肩のもり上がった漁夫がいった。

「あ、この手紙いけねえ。すっかり思い出してしまった。」

「なア、」最初のがいった。「うっかりしていれば、俺たちだって奴にやられるんだで。他人ごとでねえんだど。」

隅のほうで、立て膝をして、親指の爪をかみながら、上眼をつかって、皆のいうのを聞いていた男が、その時、うん、うんと頭をふって、うなずいた。「万事、俺にまかせれ、その時ア！　あの野郎一人グイとやってしまうから。」

皆はだまった。――だまったまま、しかし、ホッとした。

博光丸が元の位置に帰ってから、三日して突然（！）その行方不明になった川崎船が、しかも元気よく帰ってきた。

彼らは船長室から「糞壺」に帰ってくると、たちまち皆に、渦巻きのように取り巻かれてしまった。

――彼らは「大暴風雨」のために、一たまりもなく操縦の自由をなくしてしまった。そうなればもう襟首をつかまれた子供より他愛なかった。一番遠くに出ていたし、それに風の具合もちょうど反対の方向だった。皆は死ぬことを覚悟した。漁夫はいつでも「安々と」死ぬ覚悟をすることに「慣らされて」いた。

が（！）こんなことは滅多にあるものではない。次の朝、川崎船は半分水船になったまま、カムサツカの岸に打ち上げられていた。そして皆は近所のロシア人に救われたのだった。

そのロシア人の家族は四人暮らしだった。女がいたり、子供がいたりする「家」というものに渇していた彼らにとって、そこはなんともいえなく魅力だった。それに親切な人たちばかりで、色々と進んで世話をしてくれた。しかし、初め皆はやっぱり、分からない言葉をいったり、髪の毛や眼の色のちがう外国人であるということが不気味だった。

なアんだ、俺たちと同じ人間ではないか、ということが、しかし直ぐ分かられた。難破のことが知れると、村の人たちがたくさん集まってきた。そこは日本の漁場などがある所とはよほど離れていた。

彼らはそこに二日いて、身体を直し、そして帰ってきたのだった。「帰ってきたくはなかった。」誰がこんな地獄に帰りたいって！　が、彼らの話は、それだけで終わってはいない。「おもしろいこと」が、その外にかくされていた。

ちょうど帰る日だった。彼らがストーヴの周りで、身仕度をしながら話していると、ロシア人が四、五人入ってきた。――中に支那人が一人交じっていた。――顔が大きくて、赤い、短い鬚《ひげ》の多い、少し猫背の男が、いきなり何か大声で手振りをして話し出した。船頭は、自分たちがロシア語は分からないのだということを知らせるために、眼の前で手を振ってみせた。ロシア人が一句切りいうと、その口元を見ていた支那人は日本語をしゃべり出した。それは聞いているほうの頭が、かえってごじゃごじゃになってしまうような、順序の狂った日本語だった。言葉と言葉が酔っ払いのように、散り散りによろめいていた。

「貴方《あなた》がた、金キット持っていない。」

「そうだ。」

「貴方がた、貧乏人。」

「そうだ。」

「だから、貴方がた、プロレタリア[101]。――分かる?」

「うん。」

ロシア人が笑いながら、その辺を歩き出した。時々立ち止まって、彼らの方を見た。

「金持ち、貴方がたをこれする。(首を締める格好をする。)金持ちだんだん大きくなる。(腹のふくれる真似。)貴方がたどうしても駄目、貧乏人になる。――分かる?――日本の国、駄目。働く人、これ。(顔をしかめて、病人のような格好。)働かない

100 支那人 中国人。日本では江戸中期から第二次世界大戦中まで用いられた語。101 プロレタリア 資本主義社会での賃金労働者。労働以外の生産手段を持たない人。またその階級。[ドイツ語] Proletarier

人、これ。えへん、えへん。（威張って歩いてみせる。）」

それらが若い漁夫にはおもしろかった。「そうだ、そうだ！」といって、笑い出した。

「働く人、これ。働かない人、これ。（前のを繰り返して。）そんなの駄目――働く人、これ。（今度は逆に、胸を張って威張ってみせる。）働かない人、これ。（年取った乞《こ》食《じき》のような格好。）これ良ろし。――分かる？　ロシアの国、この国。働く人ばかり。働く人ばかり、これ。（威張る。）ロシア、働かない人いない。ずるい人いない。人の首しめる人いない。――分かる？　ロシアちっとも恐ろしくない国。みんな、みんなウソばかりいって歩く。」

彼らは漠然と、これが「恐ろしい」「赤化」[102]というものではないだろうか、と考えた。が、それが「赤化」なら、馬鹿に「当たり前」のことであるような気が一方していた。しかし何よりグイ、グイと引きつけられていった。

「分かる、本当、分かる！」

ロシア人同志が二、三人ガヤガヤ何かしゃべり出した。支那人はそれらをきいていた。それからまた吃りのように、日本の言葉を一つ、一つ拾いながら、話した。

「働かないで、お金儲ける人いる。プロレタリア、いつでも、これ。(首をしめられる格好。)——これ、駄目! プロレタリア、貴方がた、一人、二人、三人……百人、千人、五万人、十万人、みんな、みんな、これ(子供のお手々つないで、の真似をしてみせる。)強くなる。大丈夫。(腕をたたいて)負けない、誰にも。分かる?」

「ん、ん!」

「働かない人、にげる。(一散に逃げる格好。)大丈夫、本当。働く人、プロレタリア、威張る。(堂々と歩いてみせる。)プロレタリア一番偉い。——プロレタリアいない。みんな、パン無い。みんな死ぬ。——分かる?」

「ん、ん!」

「日本、まだ、まだ駄目。働く人、これ。(腰をかがめて、縮こまってみせる。)働かない人、これ。(威張って、相手をなぐり倒す格好。)それ、みんな駄目! ——働く人、これ。(形相凄く立ち上がる、突っかかって行く格好。相手をなぐり倒し、フンづける真似。)働かない人、これ。(逃げる格好。)——日本、働く人ばかり、いい国。

102 赤化　共産主義の思想に染まること。プロレタリア革命の旗色が赤であることから。

――プロレタリアの国！　――分かる？」

「ん、ん、分かる！」

ロシア人が奇声をあげて、ダンスの時のような足ぶみをした。

「日本、働く人、やる。（立ち上がって、刃向かう格好。）うれしい。ロシア、みんな嬉《うれ》しい。バンザイ。――貴方がた、船へかえる。貴方がたの船、働かない人、これ。（威張る。）貴方がた、プロレタリア、これ、やる！（拳闘のような真似――それからお手々つないでをやり、また突っかかっていく格好。）大丈夫、勝つ！　――分かる？」

「分かる！」知らないうちに興奮していた若い漁夫が、いきなり支那人の手を握った。

「やるよ、キットやるよ！」

船頭は、これが「赤化」だと思っていた。馬鹿に恐ろしいことをやらせるものだ。これで――この手で、ロシアが日本をマンマと騙《だま》すんだと思った。

ロシア人たちは終わると、何か叫び声をあげて、彼らの手を力一杯握った。抱きついて、硬い毛の頬をすりつけたりした。面食らった日本人は、首を後ろに硬直さして、どうしていいか分からなかった。……

皆は「糞壺」の入り口に時々眼をやり、その話をもっともっとうながした。彼らは、それから見てきたロシア人のことを色々話した。そのどれもが、吸い取り紙に吸われるように、皆の心に入りこんだ。

「おい、もう止せよ。」

船頭は、皆が変にムキにその話に引き入れられているのを見て、一生懸命しゃべっている若い漁夫の肩を突ッついた。

四

靄《もや》が下りていた。いつも厳しく機械的に組み合わさっている通風パイプ、煙筒《チエムニー》、ウインチの腕、吊《つ》り下がっている川崎船、デッキの手すり、などが、薄ぼんやり輪郭をぼかして、今までにない親しみをもって見えていた。柔らかい、生ぬるい空気が、頬を撫でて流れる。——こんな夜はめずらしかった。

トモのハッチに近く、蟹の脳味噌《のうみそ》の匂いがムッとくる。網が山のように積まさっている間に、高さの跛な二つの影が佇《たたず》んでいた。

過労から心臓を悪くして、身体が青黄く、ムクンでいる漁夫が、ドキッ、ドキッと

103 くる心臓の音でどうしても眠れず、甲板に上がってきた。手すりにもたれて、フ糊でも溶かしたようにトロッとしている海を、ぼんやり見ていた。この身体では監督に殺される。しかし、それにしてはこの遠いカムサツカで、しかも陸も踏めずに死ぬのは寂し過ぎる。——すぐ考え込まされた。その時、網と網の間に、誰かいるのに漁夫が気付いた。

蟹の甲殻の片《かけら》を時々ふむらしく、その音がした。

ひそめた声が聞こえてきた。

漁夫の眼が慣れてくると、それが分かってきた。十四、五の雑夫に漁夫が何かいっているのだった。何を話しているのかは分からなかった。後ろ向きになっている雑夫は、時々イヤ、イヤをしている子供のように、すねているように、向きをかえていた。それにつれて、漁夫もその通り向きをかえた。それが少しの間続いた。漁夫は思わず（そんな風だった。）高い声を出した。が、すぐ、低く早口に何かいった。と、いきなり雑夫を抱きすくめてしまった。喧嘩だナ、と思った。着物で口を抑えられた「むふ、むふ……」という息声だけが、ちょっとの間聞こえていた。しかし、そのまま動かなくなった。——その瞬間だった。柔かい靄の中に、雑夫の二本の足がローソクのように浮かんだ。下半分が、すっかり裸になってしまっている。それから雑夫はそのまま蹲《しゃが》んだ。と、その上に、漁夫が蟇《ひき》[104]のように覆いかぶさった。それだけが「眼の前」で、短い——グッと咽喉につかえる瞬間に行われた。見ていた漁夫は、思わず眼をそらした。酔わされたような、撲《な》ぐられたような、興奮をワクワクと感じた。

漁夫たちはだんだん内からむくれ上がってくる性欲に悩まされ出してきていた。四カ月も、五カ月も不自然に、この頑丈な男たちが「女」から離されていた。——函館で買った女の話や、露骨な女の陰部の話が、夜になると、きまって出た。一枚の春画がボサボサに紙に毛が立つほど、何度も何度もグルグル回された。

……………

床とれの、
こちら向けえの、
口すえの、
足をからめの、

103 フ糊　海藻のフノリを煮溶かしたもの。特有のとろみがあり布の糊づけなどに用いる。　104 蟇　ヒキガエル。

気をやれの、
ホンに、つとめはつらいもの。

誰か歌った。すると、一度で、その歌が海綿にでも吸われるように、皆に覚えられてしまった。何かすると、すぐそれを歌い出した。そして歌ってしまってから、「えッ、畜生！」と、ヤケに叫んだ。眼だけ光らせて。

漁夫たちは寝てしまってから、

「畜生、困った！　どうしたって眠《ね》れないや。」と、身体をゴロゴロさせた。「駄目だ、倅《せがれ》が立って！」

「どうしたら、ええんだ！」――終《しま》いに、そういって、勃起している睾丸を握りながら、裸で起き上がってきた。大きな身体の漁夫の、そうするのを見ると、身体のしまる、何か凄惨な気さえした。度胆《どぎも》を抜かれた学生は、眼だけで隅の方から、それを見ていた。

夢精をするのが何人もいた。誰もいない時、たまらなくなって自瀆《じとく》をするものもいた。――棚の隅に、カタのついた汚れた猿又や褌《ふんどし》が、しめっぽく、すえた臭いをしてまるめられていた。学生はそれを野糞のように踏みつけることがあった。

――それから、雑夫の方へ「夜這い」が始まった。バットをキャラメルに換えて、ポケットに二つ三つ入れると、ハッチを出て行った。

便所臭い、漬物樽の積まさっている物置きを、コックが開けると、薄暗い、ムッとする中から、いきなり横ッ面でもなぐられるように、怒鳴られた。

「閉めろッ！　今、入ってくると、この野郎、タタキ殺すぞ！」

×　　×　　×

無電係が、他船の交換している無電を聞いて、その収獲をいちいち監督に知らせた。それで見ると、本船がどうしても負けているらしいことが分かってきた。監督がアセり出した。すると、テキ面にそのことが何倍かの強さになって、漁夫や雑夫に打ち当たってきた。――いつでも、そして、なんでもドン詰まりの引き受け所が「彼ら」だけだった。監督や雑夫長はわざと「船員」と「漁夫、雑夫」との間に、仕事の上で競争させるように仕組んだ。

同じ蟹つぶしをしていながら、「船員に負けた」となると、（自分の儲けになる仕事でもないのに、）漁夫や雑夫は「なに糞ッ！」という気になる。監督は「手を打って」喜んだ。今日勝った、今日負けた、今度こそ負けるもんか――血の滲《にじ》むような日が滅茶苦茶に続く。同じ日のうちに、今までより五、六割も殖えていた。しかし五日、六日になると、両方とも気抜けしたように、仕事の高がズン、ズン減って行った。仕事をしながら、時々ガクリと頭を前に落とした。監督はものもいわないで、なぐりつけた。不意を食らって、彼らは自分でも思いがけない悲鳴を「キャッ！」とあげた。――皆は敵同志か、言葉を忘れてしまった人のように、お互いにだまりこくって働いた。ものをいうだけのぜいたくな「余分」さえ残っていなかった。

監督はしかし、今度は、勝った組に「賞品」を出すことを始めた。燻りかえっていた木が、また燃えだした。

「他愛のないものさ。」監督は、船長室で、船長を相手にビールを飲んでいた。

船長は肥えた女のように、手の甲にえくぼが出ていた。器用に[105]金口《きんぐち》をトントンとテーブルにたたいて、分からない笑顔で答えた。――船長は、監督がいつでも自分の眼の前で、[106]マヤマヤ邪魔をしているようで、たまらなく不快だった。漁夫たちがワッとことを起こして、こいつをカムサツカの海へたたき落とすようなことでもないかな、そんなことを考えていた。

監督は「賞品」の外に、逆に、一番働きの少ないものに「焼き」を入れることを貼紙した。鉄棒を真っ赤に焼いて、身体にそのまま当てることだった。彼らはどこまで逃げても離れない、まるで自分自身の影のような「焼き」に始終追いかけられて、仕事をした。仕事が尻上がりに、目盛りをあげていった。

人間の身体には、どのぐらいの限度があるか、しかしそれは当の本人よりも監督のほうが、よく知っていた。――仕事が終わって、丸太棒のように棚の中に横倒れに倒れると、「期せずして」う、う――、うめいた。

学生の一人は、小さい時に祖母に連れられて、お寺の薄暗いお堂の中で見たことのある「地獄」の絵が、そのままこうであることを思い出した。それは、小さい時の彼には、ちょうどうわばみ[107]のような動物が、沼地ににょろ、にょろと這っているのを思わせた。それとそっくり同じだった。――過労がかえって皆を眠らせない。夜中過ぎて、突然、ガラスの表に思いッ切り疵《きず》をつけるような不気味な歯ぎしりが起こったり、

105 金口　くわえる部分が金紙で巻いてあるタバコ。　106 マヤマヤ　うろつき回る様子。　107 うわばみ　大蛇。

寝言や、うなされているらしい突調子な叫び声が、薄暗い「糞壺」のところどころから起こった。

彼らは寝れずにいるとき、フト、「よく、まだ生きているな……。」と自分で自分の生身の身体にささやきかえすことがある。よく、まだ生きている――そう自分の身体に！

学生上がりは一番「こたえて」いた。

[108]「ドストイエフスキーの[109]死人の家な、ここから見れば、あれだってたいしたことでないって気がする。」――その学生は、糞が何日もつまって、頭を手拭いで力一杯に締めないと、眠れなかった。

「それアそうだろう。」相手は函館から持ってきたウイスキーを、薬でも飲むように、舌の先で少しずつ嘗めていた。「なんしろ大事業だからな。人跡未到の地の富源を開発するッてんだから、大変だよ。――この蟹工船だって、今はこれで良くなったそうだよ。天候や潮流の変化の観測ができなかったり、地理が実際にマスターされていなかったりした創業当時は、いくら船が沈没したりしたか分からなかったそうだ。露国の船には沈められる、捕虜になる、殺される、それでも屈しないで、立ち上がり、立ち上がり苦闘してきたからこそ、この大富源が俺たちのものになったのさ。……まア仕方がないさ。」

「…………。」

——歴史がいつでも書いているように、それはそうかもしれない気がする。しかし、彼の心の底にわだかまっているムッとした気持ちが、それでちっとも晴れなく思われた。彼は黙ってベニヤ板のように固くなっている自分の腹を撫でた。弱い電気に触れるように、親指のあたりが、チャラチャラとしびれる。イヤな気持ちがした。親指を眼の高さにかざして、片手でさすってみた。——皆は夕飯が終わって、「糞壺」の真ん中に一つ取りつけてある、割れ目が地図のように入っているガタガタのストーヴに寄っていた。お互いの身体が少し温まってくると、湯気が立った。蟹の生っ臭い匂いがムレて、ムッと鼻に来た。

108 ドストイエフスキー Fyodor Mikhaylovich Dostoevsky（一八二一—八一年）。ロシアの小説家。一九世紀ロシア文学を代表する文豪の一人。主な作品に『カラマーゾフの兄弟』『罪と罰』などがある。 109 死人の家 『死の家の記録』。ドストエフスキーが社会主義運動に関わったかどで帝政ロシアの死刑判決を受け、シベリアの監獄で過ごした体験をもとに書かれた作品。

「なんだか、理屈は分からねども、殺されたくねえで。」

「んだよ！」

鬱々した気持ちが、もたれかかるように、そこへ雪崩《なだ》れていく。殺されかかっているんだ！　皆はハッキリした焦点もなしに、怒りッぽくなっていた。

「お、俺だちの、も、ものにもならないのに、く、糞、こッ殺されてたまるもんか！」

吃りの漁夫が、自分でももどかしく、顔を真っ赤に筋張らせて、急に、大きな声を出した。

ちょっと、皆だまった。何かにグイと心を「不意に」突き上げられた――のを感じた。

「カムサツカでア死にたくないな……。」

「中積船、函館ば出たとよ。――無電係の人いってた。」

「帰りてえな。」

「帰れるもんか。」

「中積船でヨク逃げる奴がいるってな。」

「んか!? ……ええな。」

「漁に出る振りして、カムサツカの陸さ逃げて、露助と一緒に赤化宣伝ばやっているものもいるッてな。」

「……………。」

「日本帝国のためか、――また、いい名義を考えたもんだ。」――学生は胸のボタンを外して、階段のように一つ一つ窪《くぼ》みのできている胸を出して、あくびをしながら、ゴシゴシ掻《か》いた。垢《あか》が乾いて、薄い雲母[110]のように剝げてきた。

「んよ、か、会社の金持ちばかり、ふ、ふんだくるくせに。」

カキの貝殻のように、段々のついた、たるんだ眼蓋《まぶた》から、弱々しい濁った視線をストーヴの上にボンヤリ投げていた中年を過ぎた漁夫が唾をはいた。ストーヴの上に落ちると、それがクルックルッとまんまるにまるくなって、ジュウジュウいいながら、豆のように跳ね上がって、見る間に小さくなり、油煙粒ほどの小さいカスを残して、無くなった。皆はそれにウカツな視線を投げている。

110 雲母 鉱物の一種。薄く剝がれやすく、光沢がある。

「それ、本当かもしれないな。」

しかし、船頭が、ゴム底タビの赤毛布の裏を出して、ストーヴにかざしながら、

「おいおい叛逆《てむかい》なんかしないでけれよ。」といった。

「…………。」

「勝手だべよ。糞。」吃りが唇を蛸のように突き出した。

ゴムの焼けかかっているイヤな臭いがした。

「おい、親爺《おど》、ゴム！」

「ん、あ、こげた！」

波が出て来たらしく、サイドがかすかになってきた。船も子守唄ほどに揺れている。腐った酸漿《ほおずき》のような五燭灯《ごしよくとう》でストーヴを囲んでいるお互いの、後に落ちている影が色々にもつれて、組み合った。——静かな夜だった。ストーヴの口から赤い火が、膝から下にチラチラと反映していた。不幸だった自分の一生が、ひょいと——まるッきりひょいと、しかも一瞬間だけ見返される——不思議に静かな夜だった。

「煙草無《ね》えか？」

「無え……。」

「無えか？　……。」

「なかったな。」

「糞。」

「おい、ウイスキーをこっちにも回せよ、な。」

相手は角瓶を逆さに振ってみせた。

「おッと、もったいねえことするなよ。」

「ハハハハハハ。」

「とんでもねえ所さ、しかし来たもんだな、俺も……。」その漁夫は芝浦の工場にいたことがあった。そこの話がそれから出た。それは北海道の労働者たちには「工場」だとは想像もつかない「立派な所」に思われた。「ここの百に一つぐらいのことがあったって、あっちじゃストライキだよ。」といった。

そのことから――そのキッかけで、お互いの今までしてきた色々のことが、ひょいひょい話に出てきた。「国道開たく工事」「灌漑《かんがい》工事」「鉄道敷設」「築港埋め立て」「新

III　五燭灯　小型で薄暗い電球。

鉱発掘」「開墾」「積取人夫」「鰊《にしん》取り」――ほとんど、そのどれかを皆はしてきていた。

――内地では、労働者が「横柄」になって無理がきかなくなり、市場も大体開拓されつくして、行き詰まってくると、資本家は「北海道・樺太へ！」鉤爪《かぎつめ》をのばした。そこでは、彼らは朝鮮や、台湾の植民地と同じように、おもしろいほど無茶な「虐使」ができた。しかし、誰も、なんともいえないことを、資本家はハッキリ呑《の》み込んでいた。「国道開たく」「鉄道敷設」の土工部屋では、虱《しらみ》より無雑作に土方がタタき殺された。虐使に堪えられなくて逃亡する。それが捕まると、棒杭にしばりつけておいて、馬の後足で蹴らせたり、裏庭で土佐犬に嚙《か》み殺させたりする。それを、しかも皆の眼の前でやってみせるのだ。肋骨《ろっこつ》が胸の中で折れるボクッとこもった音をきいて、「人間でない」土方さえ思わず額を抑えるものがいた。気絶をすれば、水をかけて生かし、それを何度も繰りかえした。終いには風呂敷包みのように、土佐犬の強靭《きょうじん》な首で振り回されて死ぬ。ぐったり広場の隅に投げ出されて、放って置かれてからも、身体のどこかが、ピクピクと動いていた。焼火箸をいきなり尻にあてることや、六角棒[112]で腰が立たなくなるほどなぐりつけることは「毎日」だった。飯を食っていると、急に、裏で鋭い叫び声が起こる。すると、人の肉が焼ける生ッ臭い匂いが流れてきた。

「やめた、やめた。——とても飯なんて、食えたもんじゃねえや。」

箸を投げる。が、お互い暗い顔で見合った。

脚気《かっけ》[113]では何人も死んだ。無理に働かせるからだった。死んでも「暇がない」ので、そのまま何日も放って置かれた。裏へ出る暗がりに、無雑作にかけてあるムシロの裾から、子供のように妙に小さくなった、黄黒く、艶のない両足だけが見えた。

「顔に一杯蝿《はえ》がたかっているんだ。そばを通ったとき、一度にワアーンと飛び上がるんでないか！」

額を手でトントン打ちながら入ってくると、そういう者があった。

皆は朝は暗いうちに仕事場に出された。そして鶴嘴《つるはし》[114]のさきがチラッ、チラッと青白く光って、手元が見えなくなるまで、働かされた。近所に建っている監獄で働いている囚人のほうを、皆はかえって羨ましがった。ことに朝鮮人は親方、棒頭からも、同じ仲間の土方（日本人の）からも、「踏んづける」ような待遇をうけていた。

---

112 **六角棒**　断面が六角形になっている金棒。113 **脚気**　ビタミンB1の欠乏によって引き起こされる病気。倦怠《けんたい》感、手足のしびれ、むくみが生じ、心臓麻痺《まひ》に至る。114 **鶴嘴**　岩石や固い地面などを掘る道具。

そこから、四、五里も離れた村に駐在している巡査が、それでも時々手帳をもって、取り調べにテクテクやってくる。夕方までいたり、泊まりこんだりした。しかし土方たちのほうへは一度も顔を見せなかった。そして、帰りには真っ赤な顔をして、歩きながら道の真ん中を、消防の真似でもしているように、小便を四方にジャジャやりながら、分からない独り言をいって帰って行った。

北海道では、字義通り、どの鉄道の枕木もそれはそのまま一本一本労働者の青むくれた「死骸」だった。築港の埋め立てには、脚気の土工が生きたまま「人柱[115]」のように埋められた。――北海道の、そういう労働者を「タコ（蛸）」といっている。蛸は自分が生きていくためには、自分の手足をも食ってしまう。これこそ、全くそっくりではないか！　そこでは誰をも憚《はばか》らない「原始的」な搾取ができた。「儲け」がゴゾリ、ゴゾリ掘りかえってきた。しかも、そして、そのことを巧みに「国家的」富源の開発ということに結びつけて、マンマと合理化していた。抜け目がなかった。「国家」のために、労働者は「腹が減り」「タタき殺されて」いった。

「其処《あこ》から生きて帰れたなんて、神助けごとだよ。ありがたかったな！　んでも、この船で殺されてしまったら、同じだべよ。――なアーんでえ！」そして突調子なく大きく笑った。その漁夫は笑ってしまってから、しかし眉のあたりをアリアリと暗くして、横を向いた。

鉱山《やま》でも同じだった。——新しい山に坑道を掘る。そこにどんな瓦斯《ガス》が出るか、どんなとんでもない変化が起るか、それを調べあげて一つの確針をつかむのに、資本家は「モルモット」より安く買える「労働者」を、乃木軍神[116]がやったと同じ方法で、入り代わり、立ち代わり雑作なく使い捨てた。鼻紙より無雑作に！「マグロ」の刺身のような労働者の肉片が、坑道の壁を幾重にも幾重にも丈夫にしていった。都会から離れていることをよい都合にして、ここでもやはり「ゾッ」とすることが行われていた。トロッコで運んでくる石炭の中に親指や小指がバラバラに、ねばって交じってくることがある。女や子供はそんなことにはしかし眉を動かしてはならなかった。そう「慣らされていた」。彼らは無表情に、それを次の持ち場まで押してゆく。——その石炭が巨大な機械を、資本家の「利潤」のために動かした。

115 人柱　大規模で困難な建築工事の際に、工事の成功を祈って、神への生《い》け贄《にえ》として生きたまま人間を地中や水中に埋めること。116 乃木軍神　乃木希典（一八四九―一九一二年）。日露戦争で旅順攻撃を指揮、甚大な戦死者を出した。

どの坑夫も、長く監獄に入れられた人のように、艶のない黄色くむくんだ、始終ボンヤリした顔をしていた。日光の不足と、炭塵《たんじん》と、有害ガスを含んだ空気と、温度と気圧の異常とで、眼に見えて身体がおかしくなってゆく。「七、八年も坑夫をしていれば、およそ四、五年間ぐらいはぶっ続けに真っ暗闇の底にいて、一度だって太陽を拝まなかったことになる、四、五年も！」――だが、どんなことがあろうと、代わりの労働者をいつでもたくさん仕入れることのできる資本家には、そんなことはどうでもいいことであった。冬が来ると、「やはり」労働者はその坑山に流れ込んで行った。

それから「入地百姓」――北海道には「移民百姓」がいる。「北海道開拓」「人口食糧問題解決、移民奨励」、日本少年式な「移民成金」などウマイことばかり並べた活動写真を使って、田畑を奪われそうになっている内地の貧農を煽動《せんどう》して、移民を奨励しておきながら、四、五寸も掘り返せば、下が粘土ばかりの土地に放り出される。豊《ほう》饒《じょう》な土地には、もう立札が立っている。雪の中に埋められて、馬鈴薯《ばれいしょ》も食えずに、一家は次の春には餓死することがあった。それは「事実」何度もあった。雪が溶けた頃になって、一里も離れている「隣の人」がやってきて、初めてそれが分かった。口の中から、半分のみかけている藁屑《わらくず》が出てきたりした。

まれに餓死から逃れ得ても、その荒《こう》ブ地[118]を十年もかかって耕し、ようやくこれで普通の畑になったと思える頃、それは実にちアんと、「外《ほか》の人」のものになるようになっていた。資本家は——金利貸、銀行、華族、大金持ちは、嘘のような金を貸しておけば、（投げ捨てておけば）荒地は、肥えた黒猫の毛並のように豊饒な土地になって、間違いなく、自分のものになってきた。そんなことを真似て、[119]濡れ手をきめこむ、眼の鋭い人間も、また北海道に入り込んできた。——百姓は、あっちからも、こっちからも自分のものを噛みとられていった。そして終いには、彼らが内地でそうされたと同じように「小作人」にされてしまっていた。そうなって百姓は初めて気付いた。

——「失敗《しま》った！」

彼らは少しでも金を作って、故里《ふるさと》の村に帰ろう、そう思って、津軽海峡[120]を渡って、雪の深い北海道へやってきたのだった。——蟹工船にはそういう、自分の土地を「他人」に追い立てられて来たものがたくさんいた。

117 馬鈴薯　じゃがいも。118 荒ブ地　荒蕪地《こうぶち》。荒れ地。119 濡れ手をきめこむ　「濡れ手に粟《あわ》をきめこむ」。濡れた手で粟（雑穀の一つ。一粒一粒が細かい）をつかむと、たくさんの粟が手につくように、やすやすと多くの利益を得ること。120 津軽海峡　北海道の南西部と、本州の青森県との間の海峡。

積み取り人夫は蟹工船の漁夫と似ていた。監視付きの小樽の下宿屋にゴロゴロしていると、樺太や北海道の奥地へ船で引きずられて行く。足を「一寸《ちよつと》」すべらすと、ゴンゴンゴンとうなりながら、地響きをたてて転落してくる角材の下になって、[121]南部センベイよりも薄くされた。ガラガラとウインチで船に積まれて行く、水で皮がペロペロになっている材木に、拍子を食って、一なぐりされると、頭のつぶれた人間は、蚤《のみ》の子よりも軽く、海の中へたたき込まれた。

――内地では、いつまでも、黙って「殺されていない」労働者が一かたまりに固まって、資本家へ反抗している。しかし「植民地」の労働者は、そういう事情から完全に「遮断」されていた。

苦しくて、苦しくてたまらない。しかし転んで歩けば歩くほど、雪ダルマのように苦しみを身体に背負いこんだ。

「どうなるかな……?」

「殺されるのさ、分かってるべよ。」

「…………。」何かいいたげな、しかしグイとつまったまま、皆だまった。

「こ、こ、殺される前に、こっちから殺してやるんだ。」どもりがブッきら棒に投げつけた。

ドブーン、ドブーンとゆるく腹《サイド》に波が当たっている。上甲板の方で、どこかのパイプからステイムがもれているらしく、シー、シーン、シーンという鉄瓶のたぎるような、柔らかい音が絶えずしていた。

×　　×　　×

寝る前に、漁夫たちは垢でスルメのようにガバガバになったメリヤス[122]やネル[123]のシャツを脱いで、ストーヴの上に広げた。囲んでいるものたちが、炬燵《こたつ》のように各々その端をもって、熱くしてからバタバタとほろった。ストーヴの上に虱や南京虫が落ちると、プツン、プツンと、音をたてて、人が焼ける時のような生ッ臭い匂いがした。熱くなると、いたたまらなくなった虱が、シャツの縫目から、細かい沢山の足を夢中に動かして、出て来る。つまみ上げると、皮膚の脂肪《あぶら》ッぽいコロッとした身体の感触が

121 南部センベイ　青森県東部から岩手県北部の名産品。小麦粉を焼き固めた薄い煎餅。122 メリヤス　綿や毛などを機械で編んだ伸縮性のある布地。［ポルトガル語］meias 123 ネル　フランネルの略。綿や毛などを用いた起毛した薄地の毛織物。［英語］flannel

ゾッときた。かまきり虫のような不気味な頭が、それと分かるほど肥えているのもいた。

「おい、端を持ってけれ。」

褌の片端を持ってもらって、広げながら虱をとった。

漁夫は虱を口に入れて、前歯で、音をさせてつぶしたり、両方の親指の爪で、爪が真っ赤になるまでつぶした。子供が汚い手をすぐ着物に拭くように、袢天の裾にぬぐうと、また始めた。——それでもしかし眠れない。どこから出てくるか、夜通し虱と蚤と南京虫に責められる。いくらどうしても退治し尽くされなかった。薄暗く、ジメジメしている棚に立っていると、すぐモゾモゾと何十匹もの蚤が脛を這い上がってきた。終いには自分の体のどこかが腐ってでもいないのか、と思った。蛆や蝿に取りつかれている腐爛《ふらん》した「死体」ではないか、そんな不気味さを感じた。

お湯には、初め一日置きに入れた。身体が生ッ臭くよごれて仕様がなかった。しかし一週間もすると、三日置きになり、一カ月ぐらい経つと、一週間一度。そしてとうとう月二回にされてしまった。[124]水の濫費を防ぐためだった。しかし、船長や監督は毎日お湯に入った。それは濫費にはならなかった。（！）——身体が蟹の汁で汚れる。

それがそのまま何日も続く。それで虱や南京虫が湧かない「はず」がなかった。

褌を解くと、黒い粒々がこぼれ落ちた。褌をしめたあとが、赤くかたがついて、腹に輪を作った。そこがたまらなく痒《かゆ》かった。寝ていると、ゴシゴシと身体をやけにかく音がどこからも起こった。モゾモゾと小さいゼンマイのようなものが、身体の下側を走るかと思うと――刺す。そのたびに漁夫は身体をくねらし、寝返りを打った。しかしまたすぐ同じだった。それが朝まで続く。皮膚が皮癬《ひぜん》[125]のように、ザラザラになった。

「死に虱だべよ。」

「んだ、ちょうどええさ。」

仕方なく、笑ってしまった。

124 濫費　無駄遣い。浪費。
125 皮癬　ヒゼンダニの寄生によって発生する皮膚疾患。湿疹や線状の隆起ができる。

五

あわてた漁夫が二、三人デッキを走って行った。

曲がり角で、急にまがれず、よろめいて、手すりにつかまった。サロン・デッキで修繕をしていた大工が背のびをして、漁夫の走って行ったほうを見た。寒風の吹きさらしで、涙が出て、始め、よく見えなかった。大工は横を向いて勢いよく[126]「つかみ鼻」をかんだ。鼻汁が風にあおられて、歪《ゆが》んだ線を描いて飛んだ。

ともの左舷のウインチがガラガラなっている。皆漁に出ている今、それを動かしているわけがなかった。ウインチにはそして何かブラ下がっていた。それが揺れている。吊り下がっているワイヤーが、その垂直線のまわりを、ゆるく円を描いて揺れていた。

「なんだべ?」――その時、ドキッと来た。

大工はあわてたように、もう一度横を向いて「つかみ鼻」をかんだ。それが風の具合でズボンにひっかかった。トロッとした薄い水鼻だった。

「また、やってやがる。」大工は涙を何度も腕で拭いながら眼をきめた。

こっちから見ると、雨上がりのような銀灰色の海をバックに、突き出ているウインチの腕、それにすっかり身体を縛られて、吊るし上げられている雑夫が、ハッキリ黒く浮かび出てみえた。ウインチの先端まで空を上ってゆく。そして雑巾切れでもひッかかったように、しばらくの間――二十分もそのままに吊り下げられている。それから下がって行った。身体をくねらして、もがいているらしく、両脚が蜘蛛《くも》の巣にひっかかった蠅のように動いている。

やがて手前のサロンの陰になって、見えなくなった。一直線に張っていたワイヤーだけが、時々ブランコのように動いた。

涙が鼻に入ってゆくらしく、水鼻がしきりに出た。大工はまた「つかみ鼻」をした。それから横ポケットにブランブランしている金槌《かなづち》を取って、仕事にかかった。

大工はひょいと耳をすまして――振りかえって見た。ワイヤ・ロープが、誰か下で振っているように揺れていて、ボクンボクンと鈍い不気味な音はそこからしていた。

ウインチに吊るされた雑夫は顔の色が変わっていた。死体のように堅くしめている

126　つかみ鼻　紙などを用いず、鼻をつまんで鼻水を吹き飛ばすこと。

昼から、泡を出していた。大工が下りて行った時、雑夫長が薪《まき》を脇にはさんで、片肩を上げた窮屈な格好で、デッキから海へ小便をしていた。あれでなぐったんだな、大工は薪をちらっと見た。小便は風が吹くたびに、ジャ、ジャとデッキの端にかかって、はねを飛ばした。

漁夫たちは何日も何日も続く過労のために、だんだん朝起きられなくなった。監督が石油の空き缶を寝ている耳もとでたたいて歩いた。眼を開けて、起き上がるまで、やけに缶をたたいた。脚気のものが、頭を半分上げて何かいっている。しかし監督は見ない振りで、空き缶をやめない。声が聞こえないので、金魚が水際に出てきて、空気を吸っているときのように、口だけパクパク動いてみえた。いい加減たたいてから、「どうしたんだ、タタき起こすど！」と怒鳴りつけた。「いやしくも仕事が国家的である以上、戦争と同じなんだ。死ぬ覚悟で働け！　馬鹿野郎！」

病人は皆布団を剝ぎとられて、甲板へ押し出された。脚気のものは階段の段々に足先がつまずいた。手すりにつかまりながら、身体を斜めにして、自分の足を自分の手で持ち上げて、階段を上がった。心臓が一足ごとに不気味にピンピン蹴るようにはね上がった。

監督も、雑夫長も病人には、継子《ままこ》にでも対するようにジリジリと陰険だった。「肉詰め」をしていると、追い立てて、甲板で「爪たたき」をさせられる。それをちょっとしていると「紙巻き」の方へ回される。底寒くて、薄暗い工場の中ですべる足元に気をつけながら、立ちつくしていると、膝から下は義足に触るより無感覚になり、ひょいとすると膝の関節が、蝶《ちよう》つがいが離れたように、不覚にヘナヘナと座り込んでしまいそうになった。

学生が蟹をつぶした手の甲で、額を軽くたたいていた。ちょっとすると、そのまま横倒しに後ろへ倒れてしまった。その時、そばにかさなっていた缶詰の空き缶がひどく音をたてて、学生の倒れた上に崩れ落ちた。それが船の傾斜に沿って、機械の下や荷物の間に、光りながらまるく転んで行った。仲間があわてて学生をハッチに連れて行こうとした。それがちょうど、監督が口笛を吹きながら工場に下りてきたのと、会った。ひょいと見てとると、

「誰が仕事を離れったんだ!」

「誰が!? ……」思わずグッと来た一人が、肩でつッかかるように、せき込んだ。

「誰がア――? この野郎、もう一度いってみろ!」監督はポケットからピストルを

取り出して、玩具のようにいじり回した。それから、急に大声で、口を三角形にゆがめながら、背のびをするように身体をゆすって、笑い出した。

「水を持って来い！」

監督は桶《おけ》一杯に水を受け取ると、枕木のように床に置き捨てになっている学生の顔に、いきなり――一度に、それを浴びせかけた。

「これでええんだ。――要らないものなんか見なくてもええ、仕事でもしやがれ！」

次の朝、雑夫が工場に下りて行くと、[127]旋盤の鉄柱に前の日の学生が縛りつけられているのを見た。首をひねられた鶏のように、首をガクリ胸に落とし込んで、背筋の先端に大きな関節を一つポコンと露《あら》わに見せていた。そして子供の前掛けのように、胸に、それが明らかに監督の筆致で、

「此者ハ不忠ナル偽病者ニツキ、麻縄ヲ解クコトヲ禁ズ。」

と書いたボール紙を吊るしていた。

額に手をやってみると、冷えきった鉄に触るより冷たくなっている。雑夫らは工場に入るまでガヤガヤしゃべっていた。それが誰も口をきくものがない。後ろから雑夫長の下りてくる声をきくと、彼らはその学生の縛られている機械から二つに分かれて

各々の持場に流れていった。

蟹漁が忙しくなると、ヤケに当たってくる。前歯を折られて、一晩中「血の唾」をはいたり、過労で作業中に卒倒したり、眼から血を出したり、平手で滅茶苦茶に叩かれて、耳が聞こえなくなったりした。あんまり疲れてくると、皆は酒に酔ったよりも他愛なくなった。時間がくると、「これでいい」と、フト安心すると、瞬間クラクラッとした。

皆がしまいかけると、

「今日は九時までだ。」と監督が怒鳴って歩いた。「この野郎たち、しまいだッていう時だけ、手回しを早くしやがって!」

皆は高速度写真[128]のようにノロノロまた立ち上がった。それしか気力がなくなっていた。

「いいか、ここへは二度も、三度も出直して来れるところじゃないんだ。それにいつだって蟹が採れるとも限ったものでもないんだ。それを一日の働きが十時間だから十

127　旋盤　工作機械の一種。主軸に工作物を固定して回転させ、工作物を削るなどの加工を行う。　128　高速度写真　スローモーション画像のこと。

三時間だからって、それでピッタリやめられたら、とんでもないことになるんだ。——仕事の性質《たち》がちがうんだ。いいか、その代わり蟹が採れない時は、お前たちをもったいないほどブラブラさせておくんだ。」監督は「糞壺」へ降りてきて、そんなことをいった。「露助はな、魚がなんぼ眼の前で群化《くき》てきても、時間が来れば一分も違わずに、仕事をブン投げてしまうんだ。んだから——んな心掛けだから露西亜《ロシア》の国があなったんだ、日本男児の断じて真似てならないことだ！」

なにいってるんだ、ペテン野郎！　そう思って聞いていないものもあった。しかし大部分は監督にそういわれると日本人はやはり偉いんだ、という気にされた。そして自分たちの毎日の残虐な苦しさが、何か「英雄的」なものに見え、それがせめても皆を慰めさせた。

甲板で仕事をしていると、よく水平線を横切って、駆逐艦が南下して行った。後尾に日本の旗がはためくのが見えた。漁夫らは興奮から、眼に涙を一杯ためて、帽子をつかんで振った。——あれだけだ。俺たちの味方は、と思った。

「畜生、あいつを見ると、涙が出やがる。」

だんだん小さくなって、煙にまつわって見えなくなるまで見送った。

雑巾切れのように、クタクタになって帰ってくると、皆は思い合わせたように、相手もなく、ただ「畜生！」と怒鳴った。暗がりで、それは憎悪に満ちた牡牛《おうし》の唸《うな》り声に似ていた。誰に対してか彼ら自身分かってはいなかったが、しかし毎日毎日同じ「糞壺」の中にいて、二百人近くのものらがお互いにブッキラ棒にしゃべり合っているうちに、眼に見えずに、考えること、いうこと、することが、（なめくじが地面をはうほどののろさだが）同じになっていった。——その同じ流れのうちでも、もちろん澱《よど》んだように足ぶみをするものができたり、別なほうへ外《そ》れていく中年の漁夫もある。しかしそのどれもが、自分ではなんにも気付かないうちに、そうなっていき、そしていつの間にか、ハッキリ分かれ、分かれになっていた。

朝だった。タラップをノロノロ上がりながら、炭山《やま》から来た男が、

「とても続かねえや。」といった。

前の日は十時近くまでやって、身体は壊れかかった機械のようにギクギクしていた。タラップを上がりながら、ひょいとすると、眠っていた。後ろから「オイ」と声をかけられて思わず手と足を動かす。そして、足を踏み外して、のめったまま腹ん這いになった。

仕事につく前に、皆が工場に降りて行って、片隅に溜まった。どれも泥人形のような顔をしている。

「俺ア仕事サボるんだ。できねえ。」——炭山だった。

皆も黙ったまま、顔を動かした。

ちょっとして、

「大焼きが入るからな……。」と誰かいった。

「ずるけてサボるんでねえんだ。働けねえからだよ。」

炭山が袖を上膊《じょうはく》[129]のところまで、まくり上げて、眼の前ですかして見るようにかざした。

「長《な》げえことねえんだ。——俺アずるけてサボるんでねえだど。」

「それだら、そんだ。」

「…………。」

その日、監督は鶏冠をピンと立てた喧嘩鶏《けんかどり》のように、工場を回って歩いていた。

「どうした、どうした!?」と怒鳴り散らした。がノロノロと仕事をしているのが一人、二人でなしに、あっちでも、こっちでも——ほとんど全部なので、ただイライラ歩き回ることしかできなかった。漁夫たちも船員もそういう監督を見るのは初めてだった。上甲板で、網から外した蟹が無数に、ガサガサと歩く音がした。通りの悪い下水道のように、仕事がドンドンつまっていった。しかし「監督の棍棒」が何の役にも立たない！

仕事が終わってから、煮しまった手拭いで首を拭きながら、皆ゾロゾロ「糞壺」に帰ってきた。顔を見合うと、思わず笑い出した。それがなぜか分からずに、おかしくて、おかしくて仕様がなかった。

それが船員のほうにも移っていった。船員を漁夫とにらみ合わせて、仕事をさせ、いい加減に馬鹿をみせられていたことが分かると、彼らも時々「サボリ」出した。

「昨日ウンと働き過ぎたから、今日はサボだど。」

仕事の出しなに、誰かそういうと、皆そうなった。しかし「サボ」といっても、ただ身体を楽に使うということでしかなかったが。

誰だって身体がおかしくなっていた。イザとなったら「仕方がない」やるさ。「殺

129 上膊　腕の、肩と肘の間の部分。

されること」はどっちみち同じことだ。そんな気が皆にあった。——ただ、もうたまらなかった。

×　　×　　×

「中積船だ！　中積船だ！」上甲板で叫んでいるのが、下まで聞こえてきた。皆は思い思い「糞壺」の棚からボロ着のまま跳ね下りた。

中積船は漁夫や船員を「女」よりも夢中にした。この船だけは塩ッ臭くない、——函館の匂いがしていた。何カ月も、何百日も踏みしめたことのない、あの動かない「土」の匂いがしていた。それに、中積船には日付の違った何通りもの手紙、シャツ、下着、雑誌などが送りとどけられていた。

彼らは荷物を蟹臭い節立った手で、鷲《わし》づかみにするとあわてたように「糞壺」にかけ下りた。そして棚に大きな安坐《あぐら》をかいて、その安坐の中で荷物を解いた。色々のものが出る。——そばから母親がものをいって書かせた、自分の子供のたどたどしい手紙や、手拭い、歯磨き、楊子、チリ紙、着物、それらの合わせ目から、思いがけなく妻の手紙が、重さでキチンと平べったくなって、出てきた。彼らはそのどこからでも、陸にある「自家《うち》」の匂いをかぎ取ろうとした。乳臭い子供の匂いや、妻のムッとくる肌の臭いを探した。

…………………………

[130]おそそに[131]かつれて困っている、
三銭切手でとどくなら、
おそそ缶詰で送りたい――かッ！

やけに大声で「[132]ストトン節」をどなった。

なんにも送ってこなかった船員や漁夫は、ズボンのポケットに棒のように腕をつッこんで、歩き回っていた。

「お前の居ない間《ま》に、男でも引ッ張り込んでるだんべよ。」

皆にからかわれた。

薄暗い隅に顔を向けて、皆ガヤガヤ騒いでいるのをよそに、何度も指を折り直して、

…………………………

130 おそそ　方言で女性器のこと。
131 かつれて　かつえて。飢えて。
132 ストトン節　大正末期に流行した俗謡。

考え込んでいるのがいた。――中積船で来た手紙で、子供の死んだ報知《しらせ》を読んだのだった。二カ月も前に死んでいた子供の、それを知らずに「今まで」いた。手紙には無線を頼む金もなかったので、と書かれていた。漁夫が!? と思われるほど、その男はいつまでもムッつりしていた。

しかし、それとちょうど反対のがあった。ふやけた蛸の子のような赤子の写真が入っていたりした。

「これがか!?」と、頓狂な声で笑い出してしまう。

それから「どうだ、これが産まれたんだとよ。」といってワザワザ一人一人に、ニコニコしながら見せて歩いた。

荷物の中にはなんでもないことで、しかし妻でなかったら、やはり気付かないような細かい心配りの分かるものが入っていた。そんな時は、急に誰でも、バタバタと心が「あやしく」騒ぎ立った。――[133]そして、ただ、むしょうに帰りたかった。

中積船には、会社で派遣した活動写真隊が乗り込んできていた。でき上がったただけの缶詰を中積船に移してしまった晩、船で活動写真を映すことになった。

平べったい鳥打ちを少し横めにかぶり、蝶ネクタイをして、太いズボンをはいた、若い同じような格好の男が、二、三人トランクを重そうに持って、船へやってきた。

「臭い、臭い！」

そういいながら、上着を脱いで、口笛を吹きながら、幕をはったり、距離をはかって台を据えたりし始めた。漁夫たちはそれらの男から、何か「海で」ないもの――自分たちのようなものでないもの、を感じ、それにひどく引きつけられた。船員や漁夫はどこか浮かれ気味で、彼らの仕度に手伝った。

一番年かさらしい下品に見える、太い金縁の眼鏡をかけた男が、少し離れた所に立って、首の汗を拭いていた。

「弁士[134]さん、そったら所《とこ》さ立ってれば、足から蚤がハネ上がっていきますよ！」

と、「ひゃア――ッ！」焼けた鉄板でも踏んづけたようにハネ上がった。

見ていた漁夫たちがドッと笑った。

「しかしひどい所にいるんだな！」しゃがれた、ジャラジャラ声だった。それはやは

133 活動写真　映画のこと。

134 弁士　無声映画を上演する際、映し出されている状況などを、上映に合わせて説明する人。

り弁士だった。

「知らないだろうけれども、この会社がここへこうやって、やって来るために、いくら儲けていると思う？　たいしたもんだ。六カ月に五百万円だよ。一年千万円だ。——口で千万円っていえば、それっ切りだけれども、たいしたもんだ。それに株主へ二割二分五厘なんて[135]滅法界もない配当をする会社なんて、日本にだってそうないんだ。今度社長が代議士になるッていうし、申し分がないさ。——やはり、こんな風にしてもひどくしなけア、あれだけ儲けられないんだろうな。」

夜になった。

「一万箱祝い」を兼ねてやることになり、酒、焼酎《しょうちゅう》、するめ、にしめ、バット、キャラメルが皆の間に配られた。

「さ、親父《おど》のどこさ来い。」

雑夫が、漁夫、船員の間に、引っ張り凧《だこ》になった。「安坐さ抱いて見せてやるからな。」

「危い、危い！　俺のどこさ来いてば。」

それがガヤガヤしばらく続いた。

前列のほうで四、五人が急に拍手した。皆も分からずに、それに続けて手をたたいた。監督が白い垂れ幕の前に出てきた。――腰をのばして、両手を後ろに回しながら、「諸君は」とか、「私は」とか、普段いったことのない言葉を出したり、またいつもの「日本男児」だとか、「国富」だとかいい出した。大部分は聞いていなかった。こめかみと顎の骨を動かしながら、「するめ」を咬《か》んでいた。

「やめろ、やめろ!」後ろから怒鳴る。

「お前《め》えなんか、ひっこめ! 弁士がいるんだ、ちアんと。」

「六角棒の方が似合うぞ!」――皆ドッと笑った。口笛をピュウピュウ吹いて、ヤケに手をたたいた。

監督もまさかそこでは怒れず、顔を赤くして、何かいうと(皆が騒ぐので聞こえなかった。)引っ込んだ。そして活動写真が始まった。

最初「実写」だった。宮城《きゅうじょう》[136]、松島[137]、江ノ島[138]、京都……が、ガタピシャガタピシャと

135 滅法界もない　全くとんでもない。136 宮城　皇居のこと。137 松島　宮城県中東部の松島湾一帯。景勝地として知られる。138 江ノ島　神奈川県藤沢市の南にある小さな島。江戸時代以来の観光地。

写っていった。時々切れた。急に写真が二、三枚ダブって、目まいでもしたように入り乱れたかと思うと、瞬間消えて、パッと白い幕になった。

それから西洋物と日本物をやった。どれも写真はキズが入っていて、ひどく「雨が降った」。それに所々切れているのを接合させたらしく、人の動きがギクシャクした。――しかしそんなことはどうでもよかった。皆はすっかり引き入れられていた。外国のいい身体をした女が出てくると、口笛を吹いたり、豚のように鼻をならした。弁士は怒ってしばらく説明しないこともあった。

西洋物はアメリカ映画で、「西部開発史」を取り扱ったものだった。――野蛮人の襲撃をうけたり、自然の暴虐に打ち壊されては、また立ち上がり、一間一間と鉄道をのばして行く。途中に、一夜作りの「町」が、まるで鉄道の結びコブのようにできる。そして鉄道が進む、その先へ、先へと町ができていった。――そこから起こる色々の苦難が、一工夫と会社の重役の娘との「恋物語」ともつれ合って、表へ出たり、裏になったりして描かれていた。最後の場面で、弁士が声を張りあげた。

「彼ら幾多の犠牲的青年によって、遂に成功するに至った延々何百マイルの鉄道は、長蛇の如《ごと》く野を走り、山を貫き、昨日までの蛮地は、かくして国富と変わったのであります。」

重役の娘と、いつの間にか紳士のようになった工夫が相抱くところで幕だった。

間に、意味もなくゲラゲラ笑わせる、短い西洋物が一本はさまった。

日本のほうは、貧乏な一人の少年が「納豆売り」「夕刊売り」などから「靴磨き」をやり、工場に入り、模範職工になり、取り立てられて、一大富豪になる映画だった。——弁士は字幕《タイトル》にはなかったが、「げに勤勉こそ成功の母ならずして、なんぞや！」といった。

それには雑夫たちの「真剣な」拍手が起こった。しかし漁夫か船員のうちで、

「嘘こけ！　そんだったら、俺なんて社長になってねかならないべよ。」

と大声を出したものがいた。

それで皆は大笑いに笑ってしまった。

後で弁士が、「ああいう所へは、ウンと力を入れて、繰りかえし、繰りかえしいってもらいたいって、会社から命令されて来たんだ。」といった。

最後は、会社の、各所属工場や、事務所などを写したものだった。「勤勉」に働いているたくさんの労働者が写っていた。

写真が終わってから、皆は一万箱祝いの酒で酔っ払った。

長い間口にしなかったのと、疲労し過ぎていたので、ベロベロに参ってしまった。薄暗い電気の下に、煙草の煙が雲のようにこめていた。空気がムレて、ドロドロに腐っていた。肌脱ぎになったり、鉢巻をしたり、大きく安坐をかいて、尻をすっかりまくり上げたり、大声で色々なことを怒鳴り合った。――時々なぐり合いの喧嘩が起こった。

それが十二時過ぎまで続いた。

脚気で、いつも寝ていた函館の漁夫が、枕を少し高くしてもらって、皆の騒ぐのを見ていた。同じ所から来ている友達の漁夫は、側の柱に寄りかかりながら、歯にはさまったするめを、マッチの軸木で「シイ」「シイ」音をさせてせせっていた。

よほど過ぎてからだった。――「糞壺」[139]の階段を南京袋のように漁夫が転がって来た。着物と右手がすっかり血まみれになっていた。

[140]「出刃《でば》、出刃！ 出刃を取ってくれ！」土間をはいながら、叫んでいる。「浅川の野郎、どこへ行きやがった。いねえんだ。殺してやるんだ。」

監督のためになぐられたことのある漁夫だった。――その男はストーヴの[141]デレッキを持って、眼の色をかえて、また出て行った。誰もそれをとめなかった。「な！」函館の漁夫は友達を見上げた。「漁夫だって、いつも木の根ッこみたいな馬鹿でねえんだな。面白くなるど！」

次の朝になって、監督の窓ガラスからテーブルの道具が、すっかり滅茶苦茶に壊されていたことが分かった。監督だけは、どこにいたのか運よく「こわされて」いなかった。

六

柔らかい雨曇りだった。——前の日まで降っていた。それが上がりかけた頃だった。曇った空と同じ色の雨が、これもやはり曇った空と同じ色の海に、時々和やかなまるい波紋を落としていた。

昼過ぎ、駆逐艦がやってきた。手の空いた漁夫や雑夫や船員が、デッキの手すりに

139 南京袋　麻で織った袋。
140 出刃　出刃包丁。魚をおろすのに用いる。
141 デレッキ　火掻《か》き棒。

寄って、見とれながら、駆逐艦についてガヤガヤ話しあった。物めずらしかった。

駆逐艦からは、小さいボートが降ろされて、士官連が本船へやってきた。サイドに斜めに降ろされたタラップの、下のおどり場には船長、工場代表、監督、雑夫長が待っていた。ボートが横付けになると、お互いに挙手の礼をして船長が先頭に上がってきた。監督が上をひょいと見ると、眉と口隅をゆがめて、手を振ってみせた。「何を見てるんだ。行ってろ、行ってろ!」

「威張んねえ、野郎!」——ゾロゾロデッキを後のものが前を順に押しながら、工場へ降りて行った。生ッ臭い匂いが、デッキにただよって、残った。

「臭いね。」綺麗《きれい》な口髭の若い士官が、上品に顔をしかめた。

後からついてきた監督が、あわてて前へ出ると、何かいって、頭を何度も下げた。

皆は遠くから飾りのついた短剣が、歩くたびに尻に当たって、跳ね上がるのを見ていた。どれが、どれよりも偉いとか偉くないとか、それを本気でいい合った。しまいに喧嘩のようになった。

「ああなると、浅川も見られたもんでないな。」

監督のペコペコした格好を真似して見せた。皆はそれでドッと笑った。

その日、監督も雑夫長もいないので、皆は気楽に仕事をした。唄をうたったり、機械越しに声高に話し合った。

「こんな風に仕事をさせたら、どんなもんだべな。」

皆が仕事を終えて、上甲板に上がってきた。サロンの前を通ると、中から酔っ払って、無遠慮に大声で喚《わめ》き散らしているのが聞こえた。

給仕《ボーイ》が出てきた。サロンの中は煙草の煙でムンムンしていた。

給仕の上気した顔には、汗が一つ一つ粒になって出ていた。両手に空のビール瓶を一杯もっていた。顎で、ズボンのポケットを知らせて、

「顔を頼む。」といった。

漁夫がハンカチを出してふいてやりながら、サロンを見て、「何してるんだ?」ときいた。

「イヤ、大変さ。ガブガブ飲みながら、何を話してるかっていえば――女のアレがどうしたとか、こうしたとかよ。お陰で百回も走らせられるんだ。農林省の役人が来れば来たでタラップからタタキ落ちるほど酔っ払うしな!」

「何しに来るんだべ?」

給仕は、分からんさ、という顔をして、急いでコック場に走って行った。箸では食いづらいボロボロな南京米に、紙ッ切れのような、実が浮かんでいる塩ッぽい味噌汁で、漁夫らが飯を食った。

「食ったことも、見たことも無《ね》えん洋食が、サロンさなんぼも行ったな。」

「糞食らえ――だ。」

テーブルのそばの壁には、

一、飯のことで文句をいうものは、偉い人間になれぬ。

一、一粒の米を大切にせよ。血と汗の賜物《たまもの》なり。

一、不自由と苦しさに耐えよ。

振り仮名がついた下手な字で、ビラが貼らさっていた。下の余白には、共同便所の中にあるような猥褻《わいせつ》な落書きがされていた。

飯が終わると、寝るまでのちょっとの間、ストーヴを囲んだ。――駆逐艦のことから、兵隊の話が出た。漁夫には秋田、青森、岩手の百姓が多かった。それで兵隊のことになると、訳が分からず、夢中になった。兵隊に行ってきたものが多かった。彼らは、今では、その当時の残虐に充《み》ちた兵隊の生活をかえって懐しいものに、色々想《おも》い出していた。

皆寝てしまうと、急に、サロンで騒いでいる音が、デッキの板や、サイドを伝って、ここまで聞こえてきた。ひょいと眼をさますと、「まだやっている」のが耳に入った。――もう夜が明けるんではないか。誰か――給仕かも知れない、甲板を行ったり、来たりしている靴の踵《かかと》のコツ、コツという音がしていた。実際、そして、騒ぎは夜明けまで続いた。

士官連はそれでも駆逐艦に帰っていったらしく、タラップは降ろされたままになっていた。そして、その段々に飯粒や蟹の肉や茶色のドロドロしたものが、ゴジャゴジャになった嘔吐《へど》が、五、六段続いて、かかっていた。嘔吐からは腐ったアルコールの臭いが強く、鼻にプーンときた。胸が思わずカアーッとくる匂いだった。

駆逐艦は翼をおさめた灰色の水鳥のように、見えないほどに身体をゆすって、浮かんでいた。それは身体全体が「眠り」を貪っているように見えた。煙筒からは煙草の煙よりも細い煙が風のない空に、毛糸のように上がっていた。

監督や雑夫長などは昼になっても起きてこなかった。

「勝手な畜生だ！」仕事をしながら、ブツブツいった。

コック部屋の隅には、粗末に食い散らされた空の蟹缶詰やビール瓶が山積みに積まさっていた。朝になると、それを運んで歩いたボーイ自身でさえ、よくこんなに飲んだり、食ったりしたもんだ、とびっくりした。

給仕は仕事の関係で、漁夫や船員などが、とても窺《うかが》い知ることのできない船長や監督、工場代表などのムキ出しの生活をよく知っていた。と同時に、漁夫たちの惨めな生活（監督は酔うと、漁夫たちを「豚奴《め》豚奴」といっていた。）も、ハッキリ対比されて知っている。公平にいって、上の人間はゴウマンで、恐ろしいことを儲けのために「平気」で謀《たくら》んだ。漁夫や船員はそれにウマウマ落ち込んでいった。――それは見ていられなかった。

何も知らないうちはいい、給仕はいつもそう考えていた。彼は、当然どういうことが起こるか――起こらないではいないか、それが自分で分かるように思っていた。

二時頃だった。船長や監督らは、下手に畳んでおいたためにできたらしい、色々な折り目のついた服を着て、缶詰を船員二人に持たして、発動機船で駆逐艦に出掛けていった。甲板で蟹外しをしていた漁夫や雑夫が、手を休めずに「嫁行列」でも見るように、それを見ていた。

「何やるんだか、分かったもんでねえな。」

「俺たちの作った缶詰ば、まるで糞紙よりも粗末にしやがる！」

「しかしな……」中年を過ぎかけている、左手の指が三本よりない漁夫だった。「こんなところまで来て、ワザワザ俺たちば守っててけるんだもの、ええさ——な。」

——その夕方、駆逐艦が、知らないうちにムクムクと煙突から煙を出し始めた。デッキを忙しく水兵が行ったり来たりし出した。そして、それから三十分ほどして動き出した。艦尾の旗がハタハタと風にはためく音が聞こえた。蟹工船では、船長の発声で、「万歳」を叫んだ。

夕飯が終わってから、「糞壺」へ給仕がおりてきた。皆はストーヴの周囲で話していた。薄暗い電灯の下に立って行って、シャツから虱を取っているのもいた。電灯を横切るたびに、大きな影がペンキを塗った、煤けたサイドに斜めにうつった。

「士官や船長や監督の話だけれどもな、今度ロシアの領海へこっそり潜入して漁をするそうだど。それで駆逐艦がしっきりなしに、そばにいて番をしてくれるそうだ——

大部、コレやってるらしいな。（親指と人差指でまるくしてみせた。）」

「皆の話を聞いていると、金がそのままゴロゴロ転がっているようなカムサツカや北樺太など、この辺一帯をゆくゆくはどうしても日本のものにするそうだ。日本のアレは支那や満洲《まんしゅう》ばかりでなしに、こっちの方面も大切だっていうんだ。それにはここの会社が三菱《みつびし》[142]などと一緒になって、政府をウマクつッついているらしい。今度社長が代議士になれば、もっとそれをドンドンやるようだど。」

「それでさ、駆逐艦が蟹工船の警備に出動するといったところで、どうしてどうして、そればかりの目的でなくて、この辺の海、北樺太、千島[143]の付近まで詳細に測量したり気候を調べたりするのが、かえって大目的で、万一のアレに手ぬかりなくする訳だな。これア秘密だろうと思うんだが、千島の一番端の島に、コッソリ大砲を運んだり、重油を運んだりしているそうだ。」

「俺初めて聞いてびっくりしたんだけれどもな、今までの日本のどの戦争でも、本当は——底の底を割ってみれば、みんな二人か三人の金持ちの（そのかわり大金持ちの）指図で、動機《きっかけ》だけは色々にこじつけて起こしたもんだとよ。なんしろ見込みのある場所を手に入れたくて、手に入れたくてパタパタしてるんだそうだからな、そいつらは。――危ないそうだ。」

七

ウインチがガラガラとなって、川崎船が下がってきた。ちょうどその下に漁夫が四人ほどいて、ウインチの腕が短いので、下りてくる川崎船をデッキの外側に押してやって、海までそれが下りれるようにしてやっていた。――よく危ないことがあった。ボロ船のウインチは、脚気の膝のようにギクシャクとしていた。ワイヤーを巻いている歯車の具合で、グイと片方のワイヤーだけが跛にのびる。川崎船が燻製鰊《くんせいにしん》のように、すっかり斜めにブラ下がってしまうことがある。その時、不意を食らって、下にいた漁夫がよく怪我《けが》をした。――その朝それがあった。「あッ、危ない!」誰か叫んだ。

142 **三菱** 三菱財閥。明治時代に岩崎弥太郎が起こした。海運業に従事し、銀行や造船、鉱山など、さまざまな産業部門に進出した。第二次世界大戦後、連合国最高司令官の指令のもとに解体。143 **千島** 千島列島。北海道の東端からカムチャツカ半島の南端までにつながる列島。一八七五(明治八)年樺太千島交換条約により、日本領となった。

真上からタタキのめされて、下の漁夫の首が胸の中に、杭のように入り込んでしまった。

漁夫らは船医のところへ抱えこんだ。彼らのうちで、今ではハッキリ監督などに対して「畜生！」と思っている者らは、医者に「診断書」を書いてもらうように頼むことにした。監督は蛇に人間の皮をきせたような奴だからなんとかキット難くせを「ぬかす」に違いなかった。その時の抗議のために診断書は必要だった。それに船医は割合漁夫や船員に同情を持っていた。

「この船は仕事をして怪我をしたり、病気になったりするよりも、ひッぱたかれたり、たたきのめされたりして怪我したり、病気したりするほうが、ずウッと多いんだからねえ。」と驚いていた。いちいち日記につけて後の証拠にしなければならない、といっていた。それで、病気や怪我をした漁夫や船員などを割合に親切に見てくれていた。

診断書を作ってもらいたいんですけれどもと、一人が切り出した。

初め、びっくりしたようだった。

「さあ、診断書はねえ……。」

「この通りに書いて下さればいいんですが。」

はがゆかった。

「この船では、それを書かせないことになってるんだよ。勝手にそう決めたらしいんだが。……後々のことがあるんでね。」

気の短い、吃りの漁夫が「チェッ！」と舌打ちをしてしまった。

「この前、浅川君になぐられて、耳が聞こえなくなった漁夫が来たので、何気なく診断書を書いてやったら、とんでもないことになってしまってね。――それがいつまでも証拠になるんで、浅川君にしちゃね……。」

彼らは船医の室を出ながら、船医もやはりそこまで行くと、もう「俺たち」の味方でなかったことを考えていた。

その漁夫は、しかし「不思議に」どうにか生命《いのち》を取りとめることができた。その代わり、日中でもよく何かにつまずいて、のめるほど暗い隅に転がったまま、その漁夫がうなっているのを、何日も何日も聞かされた。

彼が直りかけて、うめき声が皆を苦しめなくなった頃、前から寝たきりになっていた脚気の漁夫が死んでしまった。――二十七だった。東京、日暮里《144にっぽり》の周旋屋から来た

144　日暮里　東京都荒川区南部の地名。

もので、一緒の仲間が十人ほどいた。しかし、監督は次の日の仕事に差《さ》し支《つか》えるというので、仕事に出ていない「病気のものだけ」で、「お通夜」をさせることにした。

145湯《ゆ》灌《かん》をしてやるために、着物を解いてやると、身体からは、胸がムカーッとする臭気がきた。そして不気味な真っ白い、平べったい虱があわててゾロゾロ走り出した。鱗形《うろこがた》に垢のついた身体全体は、まるで松の幹が転がっているようだった。胸は、肋骨が一つ一つムキ出しに出ていた。脚気がひどくなってから、自由に歩けなかったので、小便などはその場でもらしたらしく、一面ひどい臭気だった。褌もシャツも赭黒《あかぐろ》く色が変わって、つまみ上げると、146硫酸でもかけたように、ボロボロにくずれそうだった。臍《へそ》の窪みには、垢とゴミが一杯につまって、臍は見えなかった。肛門《こうもん》の周りには、糞がすっかり乾いて、粘土のようにこびりついていた。

「カムサツカでは死にたくない。」――彼は死ぬ時そういったそうだった。しかし、今彼が命を落とすというとき、そばにキット誰も看《み》てやった者がいなかったかもしれない。そのカムサツカでは誰だって死にきれないだろう。漁夫たちはその時の彼の気持ちを考え、中には声をあげて泣いたものがいた。

湯灌に使うお湯をもらいにゆくと、コックが、「可《か》哀《わい》相《そう》にな。」といった。「たくさん持って行ってくれ。随分、身体が汚れてるべよ。」

　お湯を持ってくる途中、監督に会った。

「どこへ持ってゆくんだ。」

「湯灌よ。」

　というと、

「ぜいたくに使うな。」まだ何かいいたげにして通っていった。

　帰ってきたとき、その漁夫は、「あの時ぐらい、いきなり後ろから彼奴《あいつ》の頭に、お湯をブッかけてやりたくなった時はなかった！」といった。興奮して、身体をブルブル顫わせた。

　監督はしつこく回ってきては、皆の様子を見て行った。――しかし、皆は明日居睡《いねむ》りをしても、のめりながら仕事をしても――例の「サボ」をやっても、皆で「お通夜」をしようということにした。そう決まった。

145 湯灌　死者を棺《ひつぎ》に収める前に、遺体を湯水で洗うこと。　146 硫酸　無機酸の一種。強い脱水作用および腐食作用があり、衣類に付着するとぼろぼろになる。

八時頃になって、ようやく一通りの用意ができ、線香や蠟燭《ろうそく》をつけて、皆がその前に座った。監督はとうとう来なかった。船長と船医が、それでも一時間ぐらい座っていた。片言のように——切れ切れに、お経の文句を覚えていた漁夫が「それでいい、心が通じる。」そう皆にいわれて、お経をあげることになった。お経の間、シーンとしていた。誰か鼻をすすり上げている。終わりに近くなるとそれが何人もに増えていった。

お経が終わると、一人一人焼香をした。それから座を崩して、各々一かたまり、一かたまりになった。仲間の死んだことから、生きている——しかし、よく考えてみればまるで危うく生きている自分たちのことに、それらの話がなった。船長と船医が帰ってから、吃りの漁夫が線香とローソクの立っている死体のそばのテーブルに出ていった。

「僕はお経は知らない。お経をあげて山田君の霊を慰めてやることはできない。しかし僕はよく考えて、こう思うんです。山田君はどんなに死にたくなかったべか、とな。——イヤ、本当のことをいえば、どんなに殺されたくなかったか、と。確かに山田君は殺されたのです。」

聞いている者たちは、抑えられたように静かになった。

「では、誰が殺したか？　――いわなくたって分かっているべよ！　僕はお経でもって、山田君の霊を慰めてやることはできない。しかし僕らは、山田君を殺したものの仇《かたき》をとることによって、とることによって、山田君を慰めてやることができるのだ。――このことを、今こそ、山田君の霊に僕らは誓わなければならないと思う……。」

船員たちだった、一番先に「そうだ」といったのは。

蟹の生ッ臭いにおいと人いきれのする「糞壺」の中に線香のかおりが、香水か何かのように、ただよった。九時になると、雑夫が帰って行った。疲れているので、居睡りをしているものは、石の入った俵のようになかなか起き上がらなかった。ちょっとすると、漁夫たちも一人、二人と眠り込んでしまった。――波が出てきた。船が揺れるたびに、ローソクの灯が消えそうに細くなり、またそれが明るくなったりした。死体の顔の上にかけてある白木綿がとれそうに動いた。ずった。そこだけ見ていると、ゾッとする不気味さを感じた。――サイドに、波が鳴り出した。

次の朝、八時過ぎまで一仕事をしてから、監督のきめた船員と漁夫だけ四人下へ降りて行った。お経を前の晩の漁夫に読んでもらってから、四人の外に、病気のもの三、四人で、麻袋に死体をつめた。麻袋は新しいものはたくさんあったが、監督は、直ぐ海に投げるものに新しいものを使うなんてぜいたくだ、といってきかなかった。線香はもう船には用意がなかった。

「可哀相なもんだ。――これじゃ本当に死にたくなかったべよ。」

なかなか曲がらない腕を組み合わせながら、涙を麻袋の中に落とした。

「駄目駄目。涙をかけると……。」

「なんとかして、函館まで持って帰られないものかな。……こら、顔をみれ、カムサツカのしゃっこい水さ入りたくねぇッていってるんでないか。――海さ投げられるなんて、頼りねえな……。」

「同じ海でもカムサツカだ。冬になれば――九月過ぎれば、船一艘もいなくなって、凍ってしまう海だで。北の北の端《はず》れの！」

「ん、ん。」――泣いていた。「それによ、こうやって袋に入れるッていうのに、たった六、七人でな。三、四百人もいるのによ！」

「俺たち、死んでからも、ろくな目に合わないんだ……。」

皆は半日でいいから休みにしてくれるように頼んだが、前の日から蟹の大漁で、許されなかった。「私事と公事を混同するな。」監督にそういわれた。

監督が「糞壺」の天井から顔だけ出して、

「もういいか。」ときいた。

仕方がなく彼らは「いい。」といった。

「じゃ、運ぶんだ。」

「んでも、船長さんがその前に弔詞を読んでくれることになってるんだよ。」

「船長オ？　弔詞イ？　――」嘲るように、「馬鹿！　そんな悠長なことしてれるか。」

悠長なことはしていられなかった。蟹が甲板に山積みになって、ゴソゴソ爪で床をならしていた。

そして、どんどん運び出されて、鮭か鱒の[147]菰包《こもづつ》みのように無雑作に、船尾につけてある発動機に積み込まれた。

「いいか――？」

「よオ――し……。」

147 菰包み　むしろで包んだ包み。

菰包み

発動機がバタバタ動き出した。船尾で水が掻き回されて、アブクが立った。

「じゃ……。」

「じゃ。」

「さようなら。」

「寂しいけどな——我慢してな。」低い声でいっている。

「じゃ、頼んだど!」

本船から、発動機に乗ったものに頼んだ。

「ん、ん、分かった。」

発動機は沖の方へ離れて行った。

「じゃ、な!……。」

「行ってしまった。」

「麻袋の中で、行くのはイヤだ、イヤだってしてるようでな……眼に見えるようだ。」

——漁夫が漁から帰ってきた。そして監督の「勝手な」処置をきいた。それを聞くと、怒る前に、自分が——屍体《したい》になった自分の身体が、底の暗いカムサツカの海に、そういうように蹴落とされでもしたように、ゾッとした。皆はものもいえず、そのままゾロゾロタラップを下りて行った。「分かった、分かった。」口のなかでブツブツいいながら、塩ぬれのドッたりした袢天を脱いだ。

八

表には何も出さない。気付かれないように手をゆるめていく。監督がどんなに思いっ切り怒鳴り散らしても、タタキつけて歩いても、口答えもせず「おとなしく」している。それを一日置きに繰りかえす。(初めは、おっかなびっくり、おっかなびっくりでしていたが。)——そういうようにして、「サボ」を続けた。水葬のことがあってから、モットその足並みが揃《そろ》ってきた。

仕事の高は眼の前で減っていった。

中年過ぎた漁夫は、働かされると、一番それが身にこたえるのに、「サボ」にはイヤな顔を見せた。しかし内心(!)心配していたことが起こらずに、不思議でならなかったが、かえって「サボ」が効いてゆくのを見ると、若い漁夫たちのいうように、動きかけてきた。

困ったのは、川崎の船頭だった。彼らは川崎のことでは全責任があり、監督と平漁《ひらぎょ》夫《ふ》の間におり、「漁獲高」のことでは、すぐ監督に当たってこられた。それで何よりつらかった。結局三分の一だけ「仕方なしに」漁夫の味方をして、後の三分の二は監督の小さい「出店」――その小さい「○[148]」だった。

「それア疲れるさ。工場のようにキチン、キチンと仕事がきまってるわけにはいかないんだ。相手は生物だ。蟹が人間様に都合よく、時間時間に出てきてはくれないしな。仕方がないんだ。」――そっくり監督の蓄音機[149]だった。

こんなことがあった。――糞壺で、寝る前に、何かの話が思いがけなく色々の方へ移っていった。その時ひょいと、船頭が威張ったことをいってしまった。それは別に威張ったことではないが、「平」漁夫にはムッときた。相手の平漁夫が、そして、少し酔っていた。

「なんだって？」いきなり怒鳴った。「手《て》前《め》え、なんだ。あまり威張ったことをいわねえほうがええんだで。漁に出たとき、俺たち四、五人でお前《め》えを海の中さタタキ落とすぐらい朝飯前だんだ。――それッ切りだべよ。カムサツカだど。お前えがどうやって死んだって、誰が分かるッて！」

そうはいったものはない。それをガラガラな大声でどなり立ててしまった。誰も何もいわない。今まで話していた外のことも、そこでブツ切れてしまった。

しかし、こういうようなことは、調子よく跳ね上がった空元気だけの言葉ではなかった。それは今まで「屈従」しか知らなかった漁夫を、全く思いがけずに背から、とてつもない力で突きのめした。突きのめされて、漁夫は初め戸惑いをしたようにウロウロした。それが知られずにいた自分の力だ、ということを知らずに。

――そんなことが「俺たちに」できるんだろうか？　しかしなるほどできるんだ。

そう分かると、今度は不思議な魅力になって、反抗的な気持ちが皆の心に食い込んでいった。今まで、残酷極まる労働で搾り抜かれていたことが、かえってそのためにはこの上ない良い地盤だった。――こうなれば、監督も糞もあったものでない！　皆愉快がった。一旦この気持ちをつかむと、不意に、懐中電灯を差しつけられたように、自分たちの蛆虫そのままの生活がアリアリと見えてきた。

148 「〇」 作者の草稿ノートには「爪」とある。「蟹工船」初出以降「〇」とされてきたが、なぜ「〇」となっているかは不明。「付録」参照。

149 **蓄音機** レコードの音を再生させる装置。

「威張んな、この野郎」この言葉が皆の間で流行り出した。何かすると「威張んな、この野郎」といった。別なことにでも、すぐそれを使った。――威張る野郎は、しかし漁夫には一人もいなかった。

それと似たことが一度、二度となくある。そのたびごとに漁夫たちは「分かって」いった。そして、それが重なってゆくうちに、そんなことで漁夫らの中からいつでも表のほうへ押し出されてくる、きまった三、四人ができてきた。それは誰かが決めたのでなく、本当はまた、きまったのでもなかった。ただ、何か起こったりまたしなければならなくなったりすると、その三、四人の意見が皆のと一致したし、それで皆もその通り動くようになった。――学生上がりが二人ほど、吃りの漁夫、「威張んな」の漁夫などがそれだった。

学生が鉛筆をなめ、なめ、一晩中腹這いになって、紙に何か書いていた。――それは学生の「発案」だった。

発　案（責任者の図）

二人の学生
吃りの漁夫
「威張んな」 ……A

雑夫の方一人
川崎船の方二人
水夫の方一人
火夫の方一人 ……B

国別にして、各々その内の餓鬼大将を一人ずつ
各川崎船に二人ずつ
水、火夫の諸君 ……C

A ⇄ B ⇄ C ⇄ （全部の諸君）

学生はどんなもんだいといった。どんなことがAから起ころうが、Cから起ころうが、電気より早く、ぬかりなく「全体の問題」にすることができる、と威張った。そ

れが、そして一通りきめられた。——実際は、それはそう容易《たやす》くは行われなかったが。「殺されたくないものは来れ！」——その学生上がりの得意の宣伝語だった。毛利《もうり》元《もと》就《なり》[150]の弓矢を折る話や、内務省かのポスターで見たことのある「綱引き」の例をもってきた。「俺たち四、五人いれば、船頭の一人ぐらい海の中へタタキ落とすなんか朝飯前だ。元気を出すんだ。」

「一人と一人じゃ駄目だ。危い。だが、あっちは船長から何からをみんな入れて十人にならない。ところがこっちは四百人に近い。四百人が一緒になれば、もうこっちのものだ。十人に四百人！　相撲になるなら、やってみろ、だ。」そして最後に「殺されたくないものは来れ！」だった。——どんな「ボンクラ」でも「飲んだくれ」でも、自分たちが半殺しにされるような生活をさせられていることは分かっていたし、（現に、眼の前で殺されてしまった仲間のいることも分かっている。）それに、苦しまぎれにやったチョコチョコした「サボ」が案外効き目があったので学生上がりや吃りのいうことも、よく聞き入れられた。

一週間ほど前の大嵐で、発動機船がスクリュを毀《こわ》してしまった。それで修繕のために、雑夫長が下船して、四、五人の漁夫と一緒に陸へ行った。帰ってきたとき、若い漁夫がコッソリ日本文字で印刷した「赤化宣伝」のパンフレットやビラをたくさん持ってきた。「日本人が沢山こういうことをやっているよ。」といった。——自分たちの賃金や、労働時間の長さのことや、会社のゴッソリした金儲けのことや、ストライキのことなどが書かれているので、皆は面白がって、お互いに読んだり、ワケを聞き合ったりした。しかし、中にはそれに書いてある文句に、かえって反撥《はんぱつ》を感じて、こんな恐ろしいことなんか「日本人」にできるか、というものがいた。

が、「俺アこれが本当だと思うんだが。」と、ビラを持って学生上がりのところへ訊《き》きに来た漁夫もいた。

「本当だよ、少し話大きいどもな。」

「んだって、こうでもしなかったら、浅川の性ッ骨直るかな。」と笑った。「それに、彼奴《あいつ》らからはモットひどいめに合わされてるから、これで当たり前だべよ！」

漁夫たちは、とんでもないものだ、といいながら、その「赤化運動」に好奇心を持

150　毛利元就の弓矢を折る話　毛利元就（一四九七—一五七一年）は戦国武将。一本の矢は簡単に折れるが、三本束ねると折れにくいというたとえ話で、兄弟の結束を説いた。

ち出していた。

嵐の時もそうだが、霧が深くなると、川崎船を呼ぶために、本船では絶え間なしに汽笛を鳴らした。幅広い、牛の鳴き声のような汽笛が、水のように濃くこめた霧の中を一時間も二時間もなった。——しかしそれでも、うまく帰って来れない川崎船があった。ところが、そんな時、仕事の苦しさからワザと見当を失った振りをして、カムサツカに漂流したものがあった。秘密に時々あった。ロシアの領海内に入って、漁をするようになってから、予《あらかじ》め陸に見当をつけておくと、案外容易く、その漂流ができた。その連中も「赤化」のことを聞いてくるものがあった。

——いつでも会社は漁夫を雇うのに細心の注意を払った。募集地の村長さんや、署長さんに頼んで「模範青年」を連れてくる。労働組合などに関心のない、いいなりになる労働者を選ぶ。「抜け目なく」万事好都合に！　しかし、蟹工船の「仕事」は、今ではちょうど逆に、それらの労働者を団結——組織させようとしていた。いくら「抜け目のない」資本家でも、この不思議な行方までには気付いていなかった。それは、皮肉にも、未組織の労働者、手のつけられない「飲んだくれ」労働者をワザワザ集めて、団結することを教えてくれているようなものだった。

九

監督はあわて出した。

漁期の過ぎてゆくその毎年の割に比べて、蟹の高はハッキリ減っていた。他の船の様子をきいてみても、昨年よりはもっと成績がいらしかった。二千箱は遅れている。——監督は、これではもう今までのように「お釈迦《しやか》様」のようにしていたって駄目だ、と思った。

本船は移動することにした。監督は絶えず無線電信を盗みきかせ、他の船の網でもかまわずドンドン上げさせた。二十カイリほど南下して、最初に上げた渋網には、蟹がモリモリと網の目に足をひっかけてかかっていた。たしかに××丸のものだった。

「君のお陰だ。」と、彼は監督らしくなく、局長の肩をたたいた。

網を上げているところを見付けられて、発動機がほうほうのていで逃げてくることもあった。他船の網を手当たり次第に上げるようになって、仕事が尻上がりに忙しくなった。

仕事を少しでも怠けたと見るときには大焼きを入れる。
組をなして怠けたものにはカムサツカ体操をさせる。
罰として賃金棒引き、
函館へ帰ったら、警察に引き渡す。
いやしくも監督に対し、少しの反抗を示すときは銃殺されるものと思うべし。

浅川監督
雑夫長

この大きなビラが工場の降り口に貼られた。監督は弾をつめッ放しにしたピストルを始終持っていた。とんでもない時に、皆の仕事をしている頭の上で、鷗《かもめ》や船のどこかに見当をつけて、「示威運動」のように打った。ギョッとする漁夫を見て、ニヤニヤ笑った。それは全く何かの拍子に「本当に」打ち殺されそうな不気味な感じを皆にひらめかした。

水夫、火夫も完全に動員された。勝手に使いまわされた。船長はそれに対して一言もいえなかった。船長は「看板」になってさえいれば、それで立派な一役だった。前にあったことだった――領海内に入って漁をするために、船を入れるように船長が強要された。船長は船長としての公の立場から、それを犯すことはできないと頑張った。「勝手にしやがれ！」「頼まないや！」といって、監督らが自分たちで、船を領海内に転錨《てんびょう》[151]さしてしまった。ところが、それが露国の監視船に見付けられて、追跡された。そして訊問《じんもん》になり、自分がしどろもどろになると、「卑怯《ひきょう》」にも退却してしまった。「そういう一切のことは、船としてはもちろん船長がお答えすべきですから……。」無理矢理に押しつけてしまった。全く、この看板は、だから必要だった。それだけでよかった。

そのことがあってから、船長は船を函館に帰そうと何遍も思った。が、それをそうさせない力が――資本家の力が、やっぱり船長をつかんでいた。

「この船全体が会社のものなんだ、分かったか！」ウアハハハハハと、口を三角に

151 転錨　一度いかりを下ろして停《と》めた船を、別の場所に移動させること。

ゆがめて、背のびするように、無遠慮に大きく笑った。

――「糞壺」に帰ってくると、吃りの漁夫は仰向けにでんぐり返った。残念で、残念で、たまらなかった。漁夫たちは、彼や学生などのほうを気の毒そうに見るが、何もいえないほどぐッしゃりつぶされてしまっていた。学生の作った組織も反古《ほご》[152]のように、役に立たなかった。――それでも学生は割合に元気を保っていた。

「何かあったら跳ね起きるんだ。その代わり、その何かをうまくつかむことだ。」といった。

「これでも跳ね起きられるかな。」――威張んなの漁夫だった。

「かな――? 馬鹿。こっちは人数が多いんだ。恐れることはないさ。それに彼奴らが無茶なことをすればするほど、今のうちこそ内へ、内へとこもっているが、火薬よりも強い不平と不満が皆の心の中に、つまりにいいだけつまっているんだ。――俺はそいつを頼りにしているんだ。」

「道具立てはいいな。」威張んなは「糞壺」の中をグルグル見回して、

「そんな奴らがいるかな。どれも、これも……。」

愚痴ッぽくいった。

「俺たちから愚痴ッぽかったら——もう、最後だよ。」

「見れ、お前《め》えだけだ、元気のええのア。——今度事件起こしてみれ、生命がけだ。」

学生は暗い顔をした。「そうさ……。」といった。

監督は手下を連れて、夜三回まわってきた。三、四人固まっていると、怒鳴りつけた。それでも、まだ足りなく、秘密に自分の手下を「糞壺」に寝らせた。

——「鎖」が、ただ眼に見えないだけの違いだった。皆の足は歩くときには、インチ太《ぶと》の鎖を現実に後ろに引きずッているように重かった。

「俺ア、キット殺されるべよ。」

「ん。んでも、どうせ殺されるッて分かったら、その時アやるよ。」

芝浦の漁夫が、

「馬鹿！」と、横から怒鳴りつけた。「殺されるッて分かったら？　馬鹿ア、いつだ、それア。——今、殺されているんでねえか。小刻みによ。彼奴らはな、上手なんだ。ピストルは今にもうつように、いつでも持っているが、なかなかそんなヘマはしない

152 反古　役に立たなくなった紙。

んだ。あれア「手」なんだ。——分かるか。彼奴らは、俺たちを殺せば、自分らのほうで損するんだ。目的は——本当の目的は、俺たちをウンと働かせて、締め木にかけて、ギイギイ搾り上げてしこたま儲けることなんだ。そいつを今俺たちは毎日やられてるんだ。——どうだ、この滅茶苦茶は。まるで蚕に食われている桑の葉のように、俺たちの身体が殺されているんだ。」

「んだな!」

「んだな、も糞もあるもんか。」厚い掌《てのひら》に、煙草の火を転がした。「ま、待ってくれ、今に、畜生!」

あまり南下して、身体《がら》の小さい女蟹《めがに》ばかり多くなったので、場所を北の方へ移動することになった。それで皆は残業をさせられて、少し早目に(久し振りに!)仕事が終わった。

皆が「糞壺」に降りてきた。

「元気がねえな。」芝浦だった。

「こら、足ば見てけれや。ガク、ガクッって、段ば降りれなくなったで。」

「気の毒だ。それでもまだ一生懸命働いてやろッてんだから。」

「誰が！——仕方ねぇんだべよ。」

芝浦が笑った。「殺される時も、仕方がねぇか。」

「…………」

「まあ、このままいけば、お前ここ四、五日だな。」

相手は拍子に、イヤな顔をして、黄色ッぽくムクンだ片方の頬と眼蓋をゆがめた。そして、だまって自分の棚のところへ行くと、端へ膝から下の足をブラ下げて、関節を手刀でたたいた。

——下で、芝浦が手を振りながら、しゃべっていた。吃りが、身体をゆすりながら、相槌《あいづち》を打った。

「……いいか、まア仮りに金持ちが金を出して作ったから、船があるとしてもいいさ。水夫と火夫がいなかったら動くか。蟹が海の底に何億っているさ。仮りにだ、色々な仕度をして、ここまで出掛けてくるのに、金持ちが金を出せたからとしてもいいさ。俺たちが働かなかったら、一匹の蟹だって、金持ちの懐に入っていくか。いいか、俺たちがこの一夏ここで働いて、それで一体どのぐらい金が入ってくる。ところが、金持ちはこの船一艘で純手取り四、五十万円ッて金をせしめるんだ。——さあ、んだら、その金の出所だ。無から有は生ぜじだ。――分かるか。なア、みんな俺たちの力さ。――んだから、そう今にもお陀仏《だぶつ》するような不景気な面してるなっていうんだ。うんと威張るんだ。底の底のことになれば、うそでない、あっちの方が俺たちをおッかながってるんだ、ビクビクすんな。

水夫と火夫がいなかったら、船は動かないんだ。――労働者が働かねば、ビタ一文だって、金持ちの懐にゃ入らないんだ。さっきいった船を買ったり、道具を用意したり、仕度をする金も、やっぱり他の労働者が血をしぼって、儲けさせてやった――俺たちからしぼり取っていきやがった金なんだ。――金持ちと俺たちとは親と子なんだ……。」

監督が入ってきた。

皆ドマついた格好で、ゴソゴソし出した。

十

空気がガラスのように冷たくて、塵《ちり》一本なく澄んでいた。――二時で、もう夜が明けていた。カムサツカの連峰が金紫色に輝いて、海から二、三寸ぐらいの高さで、地平線を南に長く走っていた。小波が立って、その一つ一つの面が、朝日を一つ一つうけて、夜明けらしく、寒々と光っていた。——それが入り乱れて砕け、入り交じれて砕ける。そのたびにキラキラ、と光った。鷗の鳴き声が（どこにいるのか分からずに、）声だけしていた。——さわやかに、寒かった。荷物にかけてある、油のにじんだズックのカヴァが時々ハタハタとなった。分からないうちに、風が出てきていた。

袢天の袖に、カガシのように手を通しながら、漁夫が段々を上がってきて、ハッチから首を出した。首を出したまま、はじかれたように叫んだ。

「あ、兎が飛んでる。——これア大暴風《おおしけ》になるな。」

三角波が立ってきていた。カムサツカの海に慣れている漁夫には、それがすぐ分かる。

「危ねえ、今日休みだべ。」

一時間ほどしてからだった。

川崎船を降ろすウインチの下で、そこ、ここ七、八人ずつ漁夫が固まっていた。川崎船はどれも半降ろしになったまま、途中で揺れていた。肩をゆすりながら海を見て、お互いいい合っている。

ちょっとした。

「やめたやめた！」

「糞でも食らえ、だ！」

誰かキッカケにそういうのを、皆は待っていたようだった。

肩を押し合って、「おい、引き上げるべ！」といった。

「ん。」

「ん、ん！」

一人がしかめた眼差しで、ウインチを見上げて、「しかしな……。」と躊躇《ためら》っている。行きかけたのが、自分の片肩をグイとしゃくって、「死にたかったら、独りで行《え》げよ！」と、ハキ出した。

皆は固まって歩き出した。誰か「本当にいいかな。」と、小声でいっていた。二人ほど、あやふやに、遅れた。

次のウインチの下にも漁夫たちは立ちどまったままでいた。彼らは第二号川崎の連中が、こっちに歩いてくるのを見ると、その意味が分かった。四、五人が声をあげて手を振った。

「やめだ、やめだ！」

「ん、やめだ！」

その二つが合わさると、元気が出てきた。どうしようか分からないでいる遅れた二、三人は、まぶしそうに、こっちを見て、立ち止まっていた。皆が第五川崎のところで、また一緒になった。それらを見ると、遅れたものはブツブツいいながら後から、歩き出した。

吃りの漁夫が振りかえって、大声で呼んだ。「しっかりせッ！」

雪だるまのように、漁夫たちのかたまりがコブをつけて、大きくなっていった。皆の前や後を、学生や吃りが行ったり、来たり、しきりなしに走っていた。「いいか、はぐれないことだど！　何よりそれだ。もう、大丈夫だ。もう――！」

煙筒のそばに、車座に座って、ロープの繕いをやっていた水夫が、のび上がって、

「どうした。オ――イ？」と怒鳴った。

皆はそのほうへ手を振りあげて、ワアーッと叫んだ。上から見下ろしている水夫たちには、それが林のように揺れて見えた。

「よオし、さ、仕事なんてやめるんだ！」

ロープをさっさと片付け始めた。「待ってたんだ！」

そのことが漁夫たちのほうにも分かった。二度、ワアーッと叫んだ。

「まず糞壺さ引きあげるべ。そうするべ。――非道《ひで》え奴だ。ちゃんと大暴風《おおしけ》になること分かっていて、それで船を出させるんだからな。――人殺しだべ！」

「あったら奴に殺されて、たまるけア！」

「今度こそ、覚えてれ！」

ほとんど一人も残さないで、糞壺へ引きあげてきた。中には「仕方なしに」随《つ》いて来たものもいるにはいた。

――皆のドカドカッと入り込んできたのに、薄暗いところに寝ていた病人が、びっくりして板のような上半身を起こした。ワケを話してやると、みるみる眼に涙をにじませて何度も、何度も頭を振ってうなずいた。

吃りの漁夫と学生が、機関室の縄梯子のようなタラップを下りて行った。急いでいたし、慣れていないので、何度も足をすべらして、危く、手で吊り下がった。中はボイラーの熱でムンとして、それに暗かった。彼らはすぐ身体中汗まみれになった。汽《か》缶《ま》の上のストーヴのロストル[153]のような上を渡って、またタラップを下った。下で何か声高にしゃべっているのが、ガン、ガ——ンと反響していた。——地下何百尺という地獄のような竪坑《たてこう》を初めて下りて行くような不気味さを感じた。

「これもつれえ仕事だな。」

「んよ、それにまた、か、甲板さ引っぱり出されて、か、蟹たたきでも、さ、されたら、たまったもんでねえさ。」

「大丈夫、火夫も俺たちの方だ！」

「ん、大丈——夫！」

ボイラーの腹を、タラップで下りていた。

「熱い、熱い、たまんねえな。人間の燻製ができそうだ。」

「冗談じゃねえど。今火たいていねえ時で、こんだんだど。燃《た》いてる時なんて！」

「んか、な。んだべな。」

「印度《インド》の海渡る時ア、三十分交代で、それでヘナヘナになるんだとよ。ウッカリ文句

153　ロストル　ストーブやかまどの底に敷く鉄製の格子。［オランダ語］rooster

をぬかした一機が、シャベルで滅多《めった》矢鱈《やたら》にたたきのめされて、あげくの果て、ボイラーに燃《た》かれてしまうことがあるんだとよ。――そうでもしたくなるべよ！」

「んな……。」

汽缶《かま》の前では、石炭カスが引き出されて、それに水でもかけたらしく、もうもうと灰が立ちのぼっていた。そのそばで、半分裸の火夫たちが、煙草をくわえながら、膝を抱えて話していた。薄暗い中で、それはゴリラがうずくまっているのと、そっくりに見えた。石炭庫の口が半開きになって、ひんやりした真っ暗な内を、不気味に覗かせていた。

「おい。」吃りが声をかけた。

「誰だ？」上を見上げた。――それが「誰だ――誰だ、――誰だ」と三つぐらいに響きかえって行く。

そこへ二人が降りて行った。二人だということが分かると、

「間違ったんでねえか、道を。」と、一人が大声をたてた。

「ストライキ[154]やったんだ。」

「ストキ[155]がどうしたって？」

「ストキでねえ、ストライキだ。」

「やったか！」

「そうか。このまま、どんどん火でもブッ燃《た》いて、函館さ帰ったらどうだ。面白いど。」

吃りは「しめた！」と思った。

「んで、皆勢揃えしたところで、畜生らにねじ込もうッていうんだ。」

「やれ、やれ！」

「やれやれじゃねえ。やろう、やろうだ。」

学生が口を入れた。

「んか、んか、これア悪かった。――やろうやろう！」火夫が石炭の灰で白くなっている頭をかいた。

皆笑った。

154　ストライキ　労働者の争議行為の一種。要求を通させるために、一定期間労働力の提供を停止すること。
155　ストキ　倉庫番。船乗り用語。［英語］storekeeper

「お前たちのほう、お前たちですっかり一纏めにしてもらいたいんだ。」

「ん、分かった。大丈夫だ。いつでも一つぐれえ、ブンなぐってやりてえと思ってる連中ばかりだから。」

――火夫のほうはそれでよかった。

雑夫たちは全部漁夫のところに連れ込まれた。一時間ほどするうちに、火夫と水夫も加わってきた。皆甲板に集まった。「要求条項」は、吃り、学生、芝浦、威張んなが集まってきめた。それを皆の面前で、彼らにつきつけることにした。

監督たちは、漁夫らが騒ぎ出したのを知ると――それからちっとも姿を見せなかった。

「おかしいな。」

「これア、おかしい。」

「ピストル持ってたって、こうなったら駄目だべよ。」

吃りの漁夫が、ちょっと高いところに上った。皆は手を拍《たた》いた。

「諸君、とうとう来た！　長い間、長い間俺たちは待っていた。俺たちは半殺しにされながらも、待っていた。今に見ろ、と。しかし、とうとう来た。

諸君、まず第一に、俺たちは力を合わせることだ。俺たちは何があろうと、仲間を裏切らないことだ。これだけさえ、しっかりつかんでいれば、彼奴らごときをモミつぶすは、虫ケラより容易いことだ。――そんならば、第二には何か。諸君、第二にも力を合わせることだ。落伍者《らくごしゃ》を一人も出さないということだ。一人の裏切者、一人の寝がえり者を出さないということだ。たった一人の寝がえりものは、三百人の命を殺すということを知らなければならない。一人の寝がえり……(「分かった、分かった。」「大丈夫だ。」「心配しないで、やってくれ。」)……

俺たちの交渉が彼奴らをタタキのめせるか、その職分を完全につくせるかどうかは、一に諸君の団結の力に依《よ》るのだ。」

続いて、火夫の代表が立ち、水夫の代表が立った。火夫の代表は、普段一度もいったこともない言葉をしゃべり出して、自分でどまついてしまった。つまるたびに赤くなり、ナッパ服の裾を引っ張ってみたり、すり切れた穴のところに手を入れてみたり、ソワソワした。皆はそれに気付くとデッキを足踏みして笑った。

「……俺アもうやめる。しかし、諸君、彼奴らはブンなぐってしまうべよ!」といって、壇を下りた。

ワザと、皆が大げさに拍手した。

「そこだけでよかったんだ。」後で誰かひやかした。それで皆は一度にワッと笑い出してしまった。

火夫は、夏の真っ最中に、ボイラーの柄の長いシャベルを使うときよりも、汗をびっしょりかいて、足元さえ頼りなくなっていた。降りて来たとき、「俺何しゃべったかな?」と仲間にきいた。学生が肩をたたいて、「いい、いい。」といって笑った。

「お前《め》えだ、悪いのア。別にいたのによ、俺でなくたって……。」

「皆さん、私たちは今日の来るのを待っていたんです。」——壇には十五、六歳の雑夫が立っていた。「皆さんも知っている、私たちの友達がこの工船の中で、どんなに苦しめられ、半殺しにされたか。夜になって薄ッぺらい布団に包まってから、家のことを思い出して、よく私たちは泣きました。ここに集っているどの雑夫にも聞いてみてください。一晩だって泣かない人はいないのです。そしてまた一人だって、身体に生キズのないものはいないのです。もう、こんなことが三日も続けば、キット死んでしまう人もいます。——ちょっとでも金のある家《うち》ならば、まだ学校に行けて、無邪気に遊んでいれる年頃の私たちは、こんなに遠く……(声がかすれる。吃《うな》り出す。抑えられたように静かになった。）しかし、もういいんです。大丈夫です。大人の人に助けてもらって、私たちは憎い憎い、彼奴らに仕返ししてやることができるのです……。」

それは嵐のような拍手を引き起こした。手を夢中にたたきながら、眼尻《まなじり》を太い指先で、ソッと拭っている中年過ぎた漁夫がいた。

学生や、吃りは、皆の名前をかいた誓約書を回して、捺印《なついん》をもらって歩いた。

学生二人、吃り、威張んな、芝浦、火夫三名、水夫三名が、「要求条項」と「誓約書」を持って、船長室に出掛けること、その時には表で示威運動をすることが決まった。――陸の場合のように、住所がチリチリバラバラになっていないこと、それに下地が充分にあったことが、スラスラと運ばせた。ウソのように、スラスラ纏まった。

「おかしいな、なんだって、あの鬼顔出さないんだべ。」

「やっきになって、得意のピストルでも打つかと思ってたどもな。」

三百人は吃りの音頭で、一斉に「ストライキ万歳」を三度叫んだ。学生が「監督の野郎、この声聞いて震えてるだろう！」と笑った。――船長室へ押しかけた。

監督は片手にピストルを持ったまま、代表を迎えた。

船長、雑夫長、工場代表……などが、今までたしかに何か相談をしていたらしいことがハッキリ分かるそのままの格好で、迎えた。監督は落ち着いていた。

入ってゆくと、

「やったな。」とニヤニヤ笑った。

外では、三百人が重なり合って、大声をあげ、ドタ、ドタ足踏みをしていた。監督は「うるさい奴だ！」とひくい声でいった。が、それらには気にもかけない様子だった代表が興奮していうのを一通りきいてから、「要求条項」と、三百人の「誓約書」を形式的にチラチラ見ると、

「後悔しないか。」と、拍子抜けのするほど、ゆっくりいった。

「馬鹿野郎ッ！」と吃りがいきなり監督の鼻ッ面を殴りつけるように怒鳴った。

「そうか、いい。――後悔しないんだな。」

そういって、それからちょっと調子をかえた。「じゃ、聞け。いいか。明日の朝にならないうちに、色よい返事をしてやるから。」――だが、いうより早かった、芝浦が監督のピストルをタタキ落とすと、拳骨《げんこつ》で頬をなぐりつけた。監督がハッと思って、顔を押さえた瞬間、吃りがキノコのような円椅子で横なぐりに足をさらった。監督の

身体はテーブルに引っかかって、他愛なく横倒れになった。その上に四本の足を空にして、テーブルがひっくりかえって行った。

「色よい返事だ？　この野郎、フザけるな！　生命にかけての問題だんだ！」

芝浦は幅の広い肩をけわしく動かした。水夫、火夫、学生が二人をとめた。船長室の窓が凄い音を立てて壊れた。その瞬間、「殺しちまい！」「打《ぶ》ッ殺せ！」「のせ！のしちまえ！」外からの叫び声が急に大きくなって、ハッキリ聞こえてきた。いつの間にか、船長や雑夫長や工場代表が室の片隅のほうへ、固まり合って棒杭のようにつッ立っていた。顔の色がなかった。

ドアーを壊して、漁夫や、水、火夫が雪崩れ込んできた。

昼過ぎから、海は大嵐になった。そして夕方近くになって、だんだん静かになった。

「監督をたたきのめす！」そんなことがどうしてできるもんか、そう思っていた。ところが！　自分たちの「手」でそれをやってのけたのだ。普段おどかし看板にしていたピストルさえ打てなかったではないか。皆はウキウキとさわいでいた。——代表たちは頭を集めて、これからの色々な対策を相談した。「色よい返事」が来なかったら、

「覚えてろ！」と思った。

薄暗くなった頃だった。ハッチの入口で、見張りをしていた漁夫が、駆逐艦がやってきたのを見た。——あわてて「糞壺」に駆け込んだ。

「しまったッ!!」学生の一人がバネのようにはね上がった。みるみる顔の色が変わった。

「勘違いするなよ。」吃りが笑い出した。「この、俺たちの状態や立場、それに要求などを、士官たちに詳しく説明して援助をうけたら、かえってこのストライキは有利に解決がつく。分かりきったことだ。」

外のものも、「それアそうだ。」と同意した。

「我が帝国の軍艦だ。俺たち国民の味方だろう。」

「いや、いや……」学生は手を振った。よほどのショックを受けたらしく、唇を震わせている。言葉が吃った。

「国民の味方だって？……いやいや……。」

「馬鹿な！——国民の味方でない帝国の軍艦、そんな理屈なんてあるはずがあるか!?」

「駆逐艦が来た！」「駆逐艦が来た！」という興奮が学生の言葉を無理矢理にもみ潰してしまった。

皆はドヤドヤと「糞壺」から甲板にかけ上がった。そして声を揃えていきなり、

「帝国軍艦万歳」を叫んだ。

タラップの昇降口には、顔と手にホータイをした監督や船長と向かい合って、吃り、芝浦、威張んな、学生、水、火夫らが立った。薄暗いので、ハッキリ分からなかったが、駆逐艦からは三艘汽艇が出た。それが横付けになった。十五、六人の水兵が一杯つまっていた。それが一度にタラップを上がってきた。

叫《あ》ッ！ [156]着剣《つけけん》をしているではないか！ そして帽子の顎紐《あごひも》をかけている！

「しまった！」そう心の中で叫んだのは、吃りだった。

次の汽艇からも十五、六人。その次の汽艇からも、やっぱり銃の先に、着剣した、顎紐をかけた水兵！ それらは海賊船にでも躍り込むように、ドカドカッと上がってくると、漁夫や水、火夫を取り囲んでしまった。

156 着剣　小銃の先に銃剣をつけること。戦闘に備えた装備。

着剣

「しまった！　畜生やりやがったな！」

芝浦も、水、火夫の代表も初めて叫んだ。

「ざま、見やがれ！」——監督だった。ストライキになってからの、監督の不思議な態度が初めて分かった。だが、遅かった。

「有無」をいわせない。「不届者《ふとどきもの》」「不忠者」「露助の真似する売国奴」そう罵倒されて、代表の九人が銃剣を擬されたまま、駆逐艦に護送されてしまった。それは皆がワケが分からず、ぼんやり見とれている、その短い間だった。全く有無をいわせなかった。——一枚の新聞紙が燃えてしまうのを見ているより、他愛なかった。

——簡単に「片付いてしまった」。

「俺たちには、俺たちしか、味方が無《ね》えんだな。初めて分かった。」

「帝国軍艦だなんて、大きなことをいったって大金持ちの手先でねえか、国民の味方？　おかしいや、糞食らえだ！」

水兵たちは万一を考えて、三日船にいた。その間中、上官連は、毎晩サロンで、監督たちと一緒に酔っ払っていた。——「そんなものさ。」

いくら漁夫たちでも、今度という今度こそ、「誰が敵」であるか、そしてそれらが（全く意外にも！）どういう風に、お互いが繋がり合っているか、ということが身をもって知らされた。

毎年の例で、漁期が終わりそうになると、蟹缶詰の「献上品」[157]を作ることになっていた。しかし「乱暴にも」いつでも、別に斎戒沐浴《さいかいもくよく》[158]して作るわけでもなかった。そのたびに、漁夫たちは監督をひどいことをするものだ、と思ってきた。――だが、今度はちがってしまっていた。

「俺たちの本当の血と肉を搾り上げて作るものだ。フン、さぞうめえこったろ。食ってしまってから、腹痛でも起こさねばいいさ。」

皆そんな気持ちで作った。

「石ころでも入れておけ！――かまうもんか！」

「俺たちには、俺たちしか味方が無えんだ。」

157　献上品　貴人に差し上げるもの。ここでは皇室に納めるもの。

158　斎戒沐浴　穢《けが》れを払うために体を洗い清めること。

それは今では、皆の心の底の方へ、底の方へ、と深く入り込んでいった。——「今に見ろ！」

しかし「今に見ろ」を百遍繰りかえして、それが何になるか。——ストライキが惨めに敗れてから、仕事は「畜生、思い知ったか」とばかりに、過酷になった。それは今までの過酷にもう一つ更に加えられた監督の復仇的《ふっきゅうてき》[159]な過酷さだった。限度というものの一番極端を越えていた。——今ではもう堪え難いところまで行っていた。

「——間違っていた。ああやって、九人なら九人という人間を、表に出すんでなかった。まるで、俺たちの急所はここだ、と知らせてやっているようなものではないか。俺たち全部は、全部が一緒になったという風にやらなければならなかったのだ。そしたら監督だって、駆逐艦に無電[160]は打てなかったろう。まさか、俺たち全部を引き渡してしまうなんてこと、できないからな。仕事が、できなくなるもの。」

「そうだな。」

「そうだよ。今度こそ、このまま仕事していたんじゃ、俺たち本当に殺されるよ。犠牲者を出さないように全部で、一緒にサボルことだ。この前と同じ手で。吃りがいったでないか、何より力を合わせることだって。それに力を合わせたらどんなことができたか、ということも分かっているはずだ。」

「それでもし駆逐艦を呼んだら、皆で――この時こそ力を合わせて、一人も残らず引き渡されよう！ その方がかえって助かるんだ。」

「んかもしらない。しかし考えてみれば、そんなことになったら、監督が第一あわてるよ、会社の手前。代わりを函館から取り寄せるのには遅すぎるし、出来高だって問題にならないほど少ないし。……うまくやったら、これア案外大丈夫だど。」

「大丈夫だよ。それに不思議に誰だって、ビクビクしていないしな。皆、畜生！ ッて気でいる。」

「本当のことといえば、そんな先の成算なんて、どうでもいいんだ。――死ぬか、生きるか、だからな。」

「ん、もう一回だ！」

そして、彼らは、立ち上がった。――もう一度！

159 復仇　かたきを打つこと。
160 無電　無線電話のこと。電線ではなく電波を利用した電話。

付　記

この後のことについて、二、三付け加えておこう。

イ、二度目の、完全な「サボ」は、マンマと成功したということ。「まさか」と思っていた、面食らった監督は、夢中になって無電室にかけ込んだが、ドアーの前で立ち往生してしまったこと、どうしていいか分からなくなって。

ロ、漁期が終わって、函館へ帰港したとき、「サボ」をやったりストライキをやった船は、博光丸だけではなかったこと。二、三の船から「赤化宣伝」のパンフレットが出たこと。

ハ、それから監督や雑夫長らが、漁期中にストライキのごとき不祥事を惹起《じゃっき》させ、製品高に多大の影響を与えたという理由のもとに、会社があの忠実な犬を「無慈悲」に涙銭一文くれず、（漁夫たちよりも惨めに！）首を切ってしまったということ。おもしろいことは、「あ――あ、口惜《くや》しかった！　俺ア今まで、畜生、だまされていた！」と、あの監督が叫んだということ。

ニ、そして、「組織」「闘争」——この初めて知った偉大な経験を担って、漁夫、年若い雑夫らが、警察の門から色々な労働の層へ、それぞれ入り込んで行ったということ。

——この一編は、「植民地に於ける資本主義侵入史」の一頁である。

菊《きく》の花《はな》

中野《なかの》重治《しげはる》

発表——一九三一（昭和六）年
高校国語教科書初出——一九九〇（平成二）年
筑摩書房『新編　現代文』

子供の時分から私はたいそう花が好きだった。――と田所冬吉おじさんが話した。

どんな花でも好きだったが、わけて野原や道ばたに咲いてる花が好きだった。すみれ、きんぽうげ[1]、つゆくさ[2]、たで[3]、野菊[4]など。

大きくなってからも私は、できるなら自分で苗を育てて咲かしたいと始終思っていた。しかし私は、第一には草花の苗を買う銭がなかったし、第二に、苗を買ってもそれを植える畑もなかったし、第三に、畑があったとしても、水をやったり日よけをこしらえたりする暇がなかった。私はそれほど忙しかった。それで、忙し

1 **きんぽうげ**　初夏、山野や田のあぜなどに咲くキンポウゲ科の多年草。花弁は五枚で、黄色い。　2 **つゆくさ**　草むらや道ばたに咲くツユクサ科の一年草。夏に、藍色の二枚の花弁と白の一枚の花弁をつけた花が咲く。　3 **たで**　草むらや河原に自生するタデ科の一年草。夏から秋にかけて小花をつけた細長い花穂を垂らす。

4 **野菊**　野生の菊。キク科の植物だけでなく、山野に自生し、夏から秋にかけてキク科に似た花をつける植物を総称していう。

つゆくさ

きんぽうげ

たで

い仕事のひまひまに、夜店の草花屋の花をながめたり、道ばたに咲いている花を歩きながら見たりして我慢していた。

ところが、私が牢屋《ろうや》にはいってからというものは、それさえも見られなくなった。見られないと思うと、私は平生はそれほどでもなかったと思うのに、非常に花が見たくなって、友達に逢《あ》いたいと思うのと同じように花に逢いたいと思うのであった。それである日、運動場のすみに咲いている美しいカタバミの花を見つけたときの私のうれしさといったら、非常なものだった。

運動の時間は二十分ということになっていて、せまい運動場をぐるぐる歩きまわるのだが、二十分のあいだに私は千五百歩以上歩いた。運動場は一まわりが二十歩ほどだったから、およそ七十回ほどまわるわけだった。だから私は、カタバミの咲いているすみっこを七十ぺんほど通るわけで、そのたびに私はカタバミに挨拶した。

「や、カタバミくん！」

私はどうかしてそのカタバミを自分の部屋へ持って帰りたいと思った。カタバミの葉は食べられる。かむと酸っぱい味がする。子供のとき私はよくかんだ。私はどうしても部屋へ持ってかえりたいと思った。けれども、番人が恐ろしい目でにらめているので、それを掘りおこすことができなかった。花だけちぎるのならできそうに思えたが、それではすぐしぼんでしまうだろうし、それに私は花をちぎることがいやだった。だから私は七十ぺんほど挨拶するだけで我慢した。

「や、カタバミくん！」

私が牢屋へ入れられてから一年ちかくたって秋がはじまった。次第次第に日が短くなっていった。部屋のなかへ射《さ》してくる日の光がだんだんに薄くなって、朝々はつめたい霧がおりるようになった。

　窓の鉄格子から覗《のぞ》くと、むこうに見えていた木立はいつのまにかすっかり裸になっているし、夏じゅうあんなに飛んでいたつばくら[6]の姿が空のどこにも見えないのであった。

　五日ばかりさびしい時雨《しぐれ》[7]がつづいて私は運動に出られなかったが、その明日《あした》は空があおあおと晴れ上がったので、私はよろこんで飛びながら運動に出て行った。そうし

5 カタバミ　道ばたに自生するカタバミ科の多年草。春から秋にかけて五枚の花弁の黄色の花をつける。6 つばくら　つばめ。7 時雨　秋の末から冬の初めに、降ったりやんだりする雨。

カタバミ

てあのすみへ行ってみて、私のカタバミの金いろの花が小さく縮かんでふるえているのを見つけた。

「や、カタバミくん！」

私は挨拶したが、カタバミの花はその後だんだんに縮れていって、ある日とうとう花びらが地面に散りしいた。その次の日に出て行った時にはその花びらももう見えなかった。

「いよいよ冬だ。
いよいよ花なしだ。」

と私は考えた。

日はますます短くなっていき、夜はますます寒くなっていき、カタバミは茎も葉も見えなくなって、そのあとにきらきらする霜柱が立つようになった。そうして十一月七日になった。

その朝、私がおいちに、おいちにと体操をやっていると、牢屋の番人が大きな鍵おとをさせて戸をあけながらいった。

「おい、差し入れだ。」

ああ、私がどんなによろこんだかとても話せない。じつにみごとな菊の花がはいってきたのだ。

「菊の花、菊の花。」

それは黄菊と白菊とだった。

それを私に入れてくれたのは私のおっかさんだった。

「おっかさん。おっかさん。」

私はその菊の花を牛乳の空びんにさして、それを胸のところに持って部屋のすみへ行った。高い窓からさしてくる日光の束がそこに小さな日だまりをつくっていた。そこへ私は立って、菊の花、葉、茎の上へ日光がこぼれかかるようにした。太陽のまわるのにつれて日だまりは移っていった。それを追うて私は部屋のすみからすみへと移った。あたたかい日かげが部屋を出て行ってしまうと、私はそれをお膳の上においた。

8　十一月七日　ロシア革命記念日。一九一七（大正六）年、ロマノフ王朝の専制権力倒壊（三月革命）後の、ケレンスキー臨時政府が倒され、ソヴィエト政権が樹立した（十一月革命）世界初の社会主義革命成就の日として、この日をロシア革命記念日とした。

それからというもの、毎日私は菊を日光のなかに捧げて長いあいだ立っていた。日かげを追って移りながら私はいった。

「おっかさん。おっかさん。こうして菊の花に日があたっているうちは、おっかさんの小さいからだにも日があたれ。」

それだのに困ったことが出来た。

毎朝掃除するたびに菊の花びらにこまかいほこりがくっついてきて、ふうふう吹いてみてもそれは取れなかった。お膳や本とはちがってはたきをかけることができない。いろいろとやってみても、まっ白の花びらも黄いろい花びらもすこしずつ黒ずんでいくのだった。

第二に困ったことは、私がいくら日光があたるようにしてもどうしてもうまくいかないことだった。花がだんだんに小さくなっていった。また冬ちかくなるにつれて、日のさしてくる時間が非常に短くなった。水をとりかえてもどうしても、花は次第に小さくなり、その次の蕾《つぼみ》の開くときにはもっと小さくなった。

とうとうある日花が私に問いかけた。

「おじさん。」

菊の花は小さくかじかんだ首をかしげて私にきいた、「なんで私はこんなところに入れられたのでしょう。ここでは温かい日の光がさしてきません。ここは一日じゅう暗い。新しい風にさわられることがありません。夜、葉に霜がおかないで、朝、掃除のほこりがたまります。地面から水を吸うこともできません。どうしたのでしょう。私は土にさわりたい……。」

「菊さんよ。」

と私はいった。

「おまえをこんなところへ入れたのは私のおっかさんだ。おっかさんは、おまえを、私をなぐさめるために入れたのです。」

「なぐさめるためにですって？　なんででしょう。いったい、おじさんは、なんでこんな暗いところに黙って座っているんです。私は一分も早く外へ出て行きたい。おじさんは出たくないんですか。」

「私がどんなに外へ出たいか。」と私は答えた、「それは菊さん、おまえとすこしも変わりがない。」

「そんなら出て行ったらいいじゃありませんか。おじさんには私とちがって手も足もあるんだから。いったいなんのためにこんなところへ来ているのです。」

「私には手も足も強いのがある。しかし私は自分から好きこのんで牢屋へ来たのではない。」

「どうして来たのですか、来たくもないのに。」

「わるい人がたくさんいて、無理に連れて来たのだよ。」

「どうしてでしょう。」

「私がいいことをするので、わるい人たちにそれが困るというので連れて来た……。」

「ああ、それならば」と菊の花がいった、「私も知っています。」

「おまえにしても、菊さん。」と私はいった、「こんなところにいるよりも、畑にいるほうがどんなにいいだろう。わるい人が私をここへ連れて来なければ、私のおっかさんにしても、菊さんをこんなところへ入れはしなかったのだよ。」

「そうでしょう。きっとそうです。」

と菊の花がいった。

　それから私たちはいろいろの話をした。そのうち私は、こないだうちから聞こう聞こうと思っていたことを思い出した。

「ところで菊さんよ。」と私はきいた、「風や水や日光が足りないので、おまえの美しい花が日ごとに小さくなっていく。それで私は最初、おまえさんの元気がなくなっていくのかと思った。しかし見ているとそうでない。花の形は小さくなっていくが、おまえさんの美しさはますます立派になっていく。一つ一つの花びらは研ぎ出したように光沢《つや》をおびている。それはどういうのだろうね。」

するとと菊の花が答えた。

「それが花のこころです。」

それからも菊の花は、ますます小さくなりながら、ますますかおり高く咲きつづけた。

「どういうわるいところへ入れられても、そこでありったけの力で生きていく。これが花のこころ、花のいのちです。」

蕾《つぼみ》はつぎつぎに、わずかな日の光と水とのなかで象牙のように立派に咲いていった。一つの蕾も残らずみんな花に咲いた。私はそのことを、私のからだの小さいおっかさんに手紙に書いた。

歌声《うたごえ》よ、おこれ

宮本《みやもと》百合子《ゆりこ》

発表——一九四六（昭和二一）年
高校国語教科書初出——一九七五（昭和五〇）年

角川書店『高等学校現代国語三』

今日[1]、日本は全面的な再出発の時期に到達している。軍事的だった日本から文化の国日本へということもいわれ、日本の民主主義は、明治以来、はじめて私たちの日常生活の中に浸透すべき性質のものとしてたち現れてきた。民主という言葉は、あらゆる面に響いており、「新しい」という字を戴いた雑誌その他の出版物は、紙の払底や印刷工程の困難をかきわけつつ、雑沓《ざっとう》してその発刊をいそいでいる。

しかし、奇妙なことに、そういう一面の活況にもかかわらず、真の日本文化の高揚力というものが、若々しい、よろこびに満ちた潮鳴りとして、私たちの実感の上に湧きたち、押しよせてこないようなところがある。これも偽りない事実ではないだろうか。

1 今日　この文章が書かれたのは、一九四五年一二月、第二次世界大戦敗戦の四カ月後である。

この感じは、新しく日本がおかれた世界の道に対する懐疑から生じているものでないことは明らかである。われわれ人民が、理不尽な暴力で導きこまれた肉体と精神との殺戮《さつりく》が、旧支配力の敗退によって終わりを告げ、ようやく自分たち人間としての意識をとりもどし、やっとわが声でものをいうことができる世の中になったことをよろこばない者がどこにあろう。日本は敗戦という一つの歴史の門をくぐって、よりひろく新しい世界人類への道を踏み出したのである。

そういうことは、すべての人によくわかっている。そして、一人一人、もうすでに、外的な事情に押されながらにしろそういう方向に爪先をむけて進んでいる。しかも、歩きだしつつあるそれらの瞳のうちに、なにか自身を把握しきっていない一種の光が見られるのは、なぜだろうか。

社会全般のこととしていえば、この数カ月間の推移によって、過去数十年、あるいは数百年、習慣的な不動なものと思われてきた多くの世俗の権威が、崩壊の音たかく、地に墜《お》ちつつある。その大規模な歴史の廃墟のかたわらに、人民の旗を翻し、さわやかに金槌《かなづち》をひびかせ、全民衆の建設が進行しつつあるとはいいきれない状態にある。なぜなら、旧体制の残る力は、これを最後の機会として、これまで民衆の精神にほどこしていた目隠しの布が落ちきらぬうち、せいぜい開かれた民衆の視線がまだ事象の一部分しか瞥見《べっけん》[2]していないうち、なんとかして自身の足場を他にうつし、あるいは片目だけ開いた人間の大群衆を、処置に便宜な荒野の方へ導こうと、意識して社会的判断の混乱をくわだてているのであるから。

　自由という名は耳と心に快くひびくが、食糧事情の現実は、わたしどもの今日に、飢餓と大書してそびえ立っている。開放と不安との間に、橋の架けかたを知らされずに近代を通ってきた正直な日本の幾千万の人々が、ひしめいているのである。

　文学が、こういう未曽有の歴史の場面において、負っている責任はきわめて大きい。そしてまた、文化・文学の活動にたずさわる人々の胸中には、言葉にあらわしきれない未来への翹望《ぎょうぼう》[3]がある。それにもかかわらず、なんだか、前進する足場が思うように具合よく堅くない。すべり出しの足がかりがはっきりしない感じがあるのではなかろうか。自身にとっても、十分新しかるべきものと予想されている日本の今日の文学を、どこから本質的に新しくしてゆけばよいのか、わかっているようでわからないのが、

2 **瞥見**　ちらっと見ること。　3 **翹望**　強く待ち望むこと。

本当のところらしく見うけられる。

日本の文学が、今日そういう足の萎《な》えた状態にあることは、まったく日本の明治文化の本質の照りかえしである。明治維新は、日本において人権を確立するだけの力がなかった。ヨーロッパの近代文化が確立された個人、個性の発展性の可能は、明治を経て今日まで七十余年の間、ずっと封建的な鎖にからめられていた。したがって、西欧の近代文学の中軸として発展してきた一個の社会人として自立した自我の観念も、日本ではからくも[4]夏目《なつめ》漱石《そうせき》において、不具な頂点の形を示した。[5]リアリズムの手法としては、[6]志賀《しが》直哉《なおや》のリアリズムが、洋画史における[7]セザンヌの位置に似た存在を示してきた。

一九一八年第一次世界大戦終了の後、日本にも国際的な社会変化の波濤《はとう》がうちよせ、人間性の展開および文学の発展の基盤としての社会性の問題がとりあげられた。けれども、徳川末期から明治へと移った日本文学の特色の一つとしての非社会性がつよい余韻をひいていて、文化・文学の全面につねに反動の力が影響しつづけた。

ところが十四年前（一九三一年）日本の軍力が東洋において[8]第二次世界大戦という世界的惨禍の発端を開くと同時に、反動の強権は日本における最も高い民主的文学の成果であるプロレタリア文学運動をすっかり窒息させた。そして、日本の旧《ふる》い文学は、これまで自身の柱としてきたその反動精神によって、自身も根底からうちひしがれた。

戦争強行が進むにつれ、反動文学者たちはしだいに軍人や役人めいた身構えをとって、大規模に文学者を動員し、さまざまの形で軍事目的に使った。ともに従順でない者、戦争の本質に洞察をもつ者、文学を文学として護《まも》ろうとする者を沈黙させ、投獄した。

過去の文学は、いまから六年ほど前「私小説」の崩壊がいわれはじめた時、死に瀕《ひん》していたのであった。

4 **夏目漱石** 一八六七（慶応三）—一九一六（大正五）年。小説家。明治から大正にかけての日本の知識人の自我をめぐる葛藤を描き、近代日本を代表する作家の一人に数えられる。主な作品に「坊っちゃん」「三四郎」「それから」「門」「こころ」など。 5 **リアリズム** 写実主義。空想や理想を排し、現実を写実する手法によった文学。 6 **志賀直哉** 一八八三（明治一六）—一九七一（昭和四六）年。小説家。白樺《しらかば》派の一人として、簡潔で明晰な文体による短編を多く発表、リアリズム文学の大家とされる。主な作品に「清兵衛と瓢簞《ひょうたん》」「小僧の神様」「城の崎《き》にて」「和解」など。 7 **セザンヌ** Paul Cézanne 一八三九—一九〇六年。フランスの画家。印象派として活躍したのち、色面によって空間を構築する独自の様式を確立、近代美術史上の巨匠の一人に数えられる。 8 **第二次世界大戦** 一九三九—四五年。ドイツ・イタリア・日本を中心とする枢軸国と、イギリス・フランス・アメリカ・ソ連・中国を中心とする連合国とに分かれて戦われ、枢軸国側の敗戦に終わった。

刻々とすさまじく推移する世界と国内社会の動きを直感して、おそらくはあらゆる作家が、自分の存在について再認識を求められてきた。戦争は文化を花咲かせるものでないから、文筆生活者として生活の不安もつのった。それからの脱出として、既成の作家たちは、まじめに自分の人および芸術家としてのよりどころを、なにか新しい力づよい情熱の上に発見しようとし、戦争をその契機としてつかもうとし、なにか新しい文学ジャンルの開拓によって、たとえば報道文学、国民文学というような転開によって解決を見いだそうとした。

しかしながら、その人々の心もちとしては、まじめであったそれらの試みも、日本の社会と文化とが、半ば封建的で、ただの一度も権力にたいする批判力としての自主性、自身を建設する力としての自立性をもたなかった伝統にわずらわされ、つまりは戦争遂行という野蛮な大皿の上に盛りつけられて、あちらこちらと侵略の道をもち運ばれなければならなかった。

この過程に、明日への文学の問題として、きわめて注目すべきことが、かくされてある。それは、そういう立場におちいった作家たちにしろ、あれだけ深刻な戦争の現実の一端にふれ、国際的なひろがりの前で後進国日本の痛切な諸矛盾を目撃し、日に夜をつぐいたましい生命の浪費の渦中にあったとき、一つ二つ、あるいは事態そのものについて、一生忘られない感銘をうけたことがなかったとは、けっしてけっしていえないであろう。自分のこれまでの人生なり社会なりの見かたを変えるなにかが加えられた、と感じる瞬間が必ずあったろう。戦争については周知のような態度であった[9]尾崎士郎《おざきしろう》のような作家でさえ、あわただしい雑記のうちに、印象が深められずに逸走してしまう作家として苦しい瞬間のあることをほのめかしている。[10]火野葦平《ひのあしへい》が、文芸春秋に書いたビルマの戦線記事の中には、アメリカの空軍を報道員らしく揶揄《やゆ》しながら、日本の陸軍が何十年か前の平面的戦術を継承して[11]兵站線《へいたんせん》の尾を[12]蜿々《えんえん》と地上にひっぱり、しかもそれに加えて傷病兵の一群をまもり、さらに惨苦の行動を行っているの

9 **尾崎士郎** 一八九八（明治三一）―一九六四（昭和三九）年。二〇代には社会主義運動に関わったが、やがて離脱、「人生劇場――青春篇」によって流行作家となる。戦時中は従軍作家として人々のナショナリズムを鼓舞する。戦後、戦争責任を追及され、一時文壇を離れるが、一九五一（昭和二六）年、小説「天皇機関説」を発表、文藝春秋読者賞を受賞する。没後、文化功労者追贈。10 **火野葦平** 一九〇七（明治四〇）―六〇（昭和三五）年。早稲田大学卒業後、沖仲仕（港湾労働者）の労働運動に関わって検挙され、転向。日中戦争で応召中に「糞尿《ふんにょう》譚《たん》」で芥川賞を受賞する。第二次世界大戦中は戦場から従軍記「麦と兵隊」を送って注目を集め、報道班員として活躍する。戦後、戦争責任を追及されつつも、「花と龍」などを発表して高い評価を集める。一九六〇年睡眠薬自殺。11 **兵站線** 本国と戦場を結ぶ輸送連絡路。12 **蜿々** 蛇などの尾のようにうねうねと長く続くさま。

にくらべて、アメリカの近代科学性は、航空力によって天と地との間に立体的桶《おけ》をつくり、立体的機動性をもって敏速に、生命の最小犠牲で戦線を進展させていることを描いている。文章そのものが、ここでは、筆者のうけた正直な感銘深さを示していた。火野にあってはただ一つその感銘を追求し、人間の生命というものの尊厳にたって事態を検討してみるだけでさえ、彼の人間および作家としての後半生は、今日のごときものとならなかったであろう。人間としての不正直さのためか、意識した悪よりも悪い弱さのためか、彼はそういういくつかの人生の発展的モメント[13]を、自分の生涯と文学の道からはずしてしまったのであった。

戦争のある段階まで、いわゆる作家的成長欲やその本質を自問しないで、ただ経験の蓄積を願う古い自然主義風な現実主義から少なからぬ作家たちが国内、国外にあれこれ動員された。ところが、戦争が進むにつれ、軍そのものが、偽りで固めた人民むけ報道のためには、むしろ作家報道員を邪魔にしはじめたとともに、一般に、戦線視察にたいする作家たちの熱心がうすれてきた。どうして、作家たちが初期の期待をうしなってきたのであったろうか。戦争の本質そのものの間に、人間として、作家としての良心に、目をひたとむけて答えるに耐える現実がないことが感得されてきたからであろうと思う。官製の報道員というふうな立場における作家が、窮極においては悲惨な大衆である兵士や、その家族の苛烈な運命とは遊離した存在であり、欺瞞《ぎまん》の装飾にすぎないことが漠然とながら迫ってきたからであろう。

このことは各人各様に、さまざまの具体的な感銘を通して、普遍的であったに違いない。もし、そのモメントの価値を、各作家が日本の大衆の歴史的経験の一部として血肉をもって自覚し、それを表現しようと努め、しかも、それは絶対に許そうとしなかった強権とはっきり対面して立ったならば、今日、日本文芸の眺めはよほど違ったものとなっていたであろう。開かれた扉の際の際まで、人民の意欲として生活的文学的創造の力が密集していて、それは奔流となってほとばしり、苦悩と堅忍と勝利への見とおしを高ならせたであろう。その潮にともに流れてこそ、作家は、新しい文学の真の母胎である大衆生活のうちに自身の進発の足がかりをも確保し得たであったろう。

しかし、現実はこのようではない。作家の多くは、自己と文学との歴史的展開のモメントをとらえきれなかった。その原因は、個性と文学の発展の可能の源泉として、

13 モメント　瞬間。きっかけ。［英語］moment

日本の民主主義文学の伝統が、積年の苦難を通してたえず闡明《せんめい》[14]してきた文学における客観的な社会性の意義を、会得していなかったからである。文学において謙虚にまた強固に自己を大衆のなかなるものとして拡大しておかなかったからである。

私たちは、今度の戦争において、わずか十六、七歳の若者が、どんなにして死んでいったかを知っている。どれだけの父親、兄、夫が死んだかそれを知っている。さらに尨大《ぼうだい》な人々の数が、それらの人々がいかにして死に、自分たちは、どうその間を生きてきたかという事実を知っている。生きてもどったそれらの人々と、その人々を迎えている今日の日本の民衆のこころのうちに、いおうとするたった一つの感想もないと、誰が信じよう。

多くの作家が、これまでの歴史性による社会感覚の欠如から、今日における自分の発展と創造力更新のモメントを逃しているように、日本の人民は、智慧《ちえ》と判断を否定し、声をおさえる政策のために、明日死ぬかもしれないその夜の家信[15]でさえ、無事奉公していますと、より書かされなかった。自分の感懐を、自分のものとして肯定する能力さえ奪われてきた。

今日、ある程度文学的業績をかさねた作家を見ると、ほとんど四十歳前後の人々である。それからあとにつづく、より若い、より未熟ではあるが前途の洋々とした作家というものの層は、空白となっている。このことは、とりもなおさず、過去の文学の休止符はどの辺でうたれたかというきびしい現実を示す一方、この数年の間、日本の民衆生活内部にある若々しく貴重な創造力が、どれほど徹底的に圧殺されてきたかということを証明している。

作家たちは、自分たちの生きている意義として、今日、真率な情熱で、自分がかつてとり逃したおぼえがあるならば、その人生的モメントをふたたび捉えなおし、抑圧されてきた人民の苦き諸経験の一つとしてしっかり社会の歴史の上につかみ、そのことで生活と文学との一歩前進した再出発を可能としなければならない。民主なる文学ということは、私たち一人一人が、社会と自分との歴史のより事理にかなった発展のために献身し、世界歴史の必然な働きをごまかすことなく映しかえして生きてゆくその歌声という以外の意味ではないと思う。

そして、初めはなんとなく弱く、あるいは数も少ないその歌声が、やがてもっと多

14　闡明　はっきりしていなかったことを明らかにすること。　15　家信　家への手紙。

くの、まったく新しい社会各面の人々の心の声々を誘いだし、その各様の発声を錬磨し、諸音正しく思いを披瀝《ひれき》[16]し、新しい日本の豊富にして雄大な人民の合唱としてゆかなければならない。

新日本文学会[17]は、そういう希望の発露として企てられた。雑誌「新日本文学」は、人から人へ、都会から村へ、海から山へと、苦難を経た日本の文学が、いまや新しい歩調で、その萎えた脚から立ち上がるべき一つのきっかけを伝えるものとして発刊される。私たち人民は生きる権利をもっている。生きるということは、単に生存するということではない。頭をもたげて生活するということであり、生活はおのずからその歌と理性の論議をもっている。そして、それを表現する芸術こそ、地球上の他のあらゆる生きものの動物性から人間を区別する光栄ある能力であり、その成果によって私たちははじめて生きてゆく自分たちの姿を客観し得るのである。そういう文学の砦《とりで》として「新日本文学」は創刊されようとしているのである。

16 披瀝　包み隠さず披露すること。17 新日本文学会　文学団体。一九四六（昭和二一）年結成。蔵原惟人《くらはらこれひと》、中野重治、宮本百合子ら、プロレタリア文学運動の中心的な人物が発起人となり、「民主主義的文学の創造と普及」「古典の批判的摂取」「進歩的文学の国際的連帯」など、五項目を綱領に掲げて発足した。

解説

作者について

嶋田直哉

葉山嘉樹（はやま・よしき）

明治二七年三月一二日～昭和二〇年一〇月一八日。福岡県生。早稲田大学高等予科中退。大正五年、船員となるも怪我をして帰郷。大正六年、門司鉄道管理局臨時雇いを経て戸畑の私立明治専門学校（現九州工業大学）庶務課に勤務する。この頃トルストイ、ドストエフスキー、ゴーリキーなどに親しむ。大正九年、職場の待遇改善要求を校長に行い解雇。同年名古屋セメント会社工務係に勤務する。葉山は工場で労働者の怪我や死亡事故などに対し、工場法による補助金獲得のために奔走し、のちに労働組合を組織しようとして解雇される。この時の体験が「セメント樽の中の手紙」などに生かされている。大正一〇年六月、小林橘川《こばやしきっせん》の紹介で名古屋新聞に入社、社会部記者となる。同紙に評論などを執筆する傍ら名古屋労働者協会に加入。同会主催の講演会で演説をするなど次第に労働運動に関わるようになる。この頃の葉山は労働争議が起こると新聞記者として取材に駆けつけるものの、争議団の応援に回ってしまうようになった。大正一二年六月、名古屋共産党事件で検挙される。その獄中で「淫売婦」、「難破」（「海に生くる人々」の原題）を起稿する。大正一四年一一月「淫売婦」、大正一五年一月「セメント樽の中の手紙」をいずれも「文藝戦線」に発表し、注目を浴びる。同年三月に「文藝戦線」同人に推薦され作家生活に入る。この頃、西尾菊江《にしおきくえ》を知りともに上京。同年一〇月『海に生くる人々』（改造社）を刊行。大正末期から分裂をくり返すプロレタリア文壇において文戦派の一員として精彩を放つ。昭和二年六月労農芸術家連盟結成に参加。昭和九年一月、経済的困窮を打破するために長野県に移住。以後長野県、岐阜県を転々としながら作品を発表する。昭和一八年三月満州開拓団に参加するが肝臓病のため帰国。昭和二〇年六月、再び満州に渡るも敗戦、帰国の途につきその途中の列車内で死去。

黒島伝治（くろしま・でんじ）

明治三一年一二月一二日〜昭和一八年一〇月一七日。香川県生。小豆島で生まれ育つ。大正八年春に早稲田大学高等予科選科生として入学し壺井繁治《つぼいしげじ》と親交を結ぶも徴兵により大正一〇年五月から翌一一年までシベリアに出兵する。シベリアではラズドリーエ陸軍病院に衛生兵として勤務した。このシベリア出兵期間中にロシア語を学ぶ。大正一一年三月病気のため帰国。同年七月に兵役免除となり小豆島で療養する。この時期の軍隊生活の記録は戦後『軍隊日記』（理論社　昭和三〇・一）として発表され当時の軍隊生活はもとより黒島の思索を知るのに興味深い資料となっている。大正一四年初夏に書き溜めた短篇小説をたずさえて再び上京。そのうちの一篇「電報」(「潮流」大正一四年七月)を壺井繁治の推薦により発表し好評を得る。「潮流」同人となり引き続き最初の反戦小説「結核病室」(「潮流」大正一四・一〇、のち「隔離室」と改題)を発表。この頃より農民文学を発表し始める。再び壺井繁治の推薦により「銅貨二銭」(「文芸戦線」大正一五・一、のち「二銭銅貨」と改題)を、さらに「豚群」(「文芸戦線」大正一五・一一)を発表し大いに注目を集めるようになる。以後「文芸戦線」の同人となりプロレタリア文学運動に参加するようになる。昭和二年秋、中村星湖《なかむらせいこ》、和田伝《わだでん》らとともに農民文芸会を結成。同年一〇月から機関誌「農民」を創刊し活動の幅を広げていく。またこの時期には「橇」(「文芸戦線」昭和二・九)、「渦巻ける烏の群れ」(「改造」昭和三・二)、「穴」(「文芸戦線」昭和三・五)などシベリア従軍時代の体験をもとに反戦小説を発表している。これらの作品に流れる精神は「反戦文学論」(『プロレタリア芸術教程』第一輯世界社　昭和四・七)にまとめられている。以後プロレタリア文学はもちろんのこと農民文学、反戦文学の分野で数多くの作品を発表する。昭和八年頃より体調を崩し、昭和一八年に没するまで思うように執筆ができなくなる。晩年は病床に伏せる時期が続いた。

佐多稲子(さた・いねこ)

明治三七年六月一日〜平成一〇年一〇月一二日。長崎県生。本名イネ。大正四年一〇月、

一家をあげて上京。親戚をたよって生活をするものの、一家は経済的に貧窮しており、小学校に通学することもままならずキャラメル工場に働きに出る。その後浅草の料理屋、上野の料亭清凌亭、丸善洋品部で働く。清凌亭では座敷女中となり芥川龍之介《あくたがわりゅうのすけ》、菊池寛《きくちかん》、久米正雄《くめまさお》らと知り合いになる。また丸善で働いているときに資産家の一人息子と結婚するが、破綻。自殺未遂を起こす。その後、本郷のカフェー紅緑の女給となる。ここで「驢馬」創刊の打ち合わせで立ち寄った堀辰雄《ほりたつお》、中野《なかの》重治《しげはる》、窪川鶴次《くぼかわつるじ》郎《ろう》らを知る。大正一五年七月窪川鶴次郎と結婚。エンゲルスやレーニンの著作を読むようになる。昭和三年、処女作「キャラメル工場から」（「プロレタリア芸術」昭和三・二）、「レストラン洛陽」（「文藝春秋」昭和三・二）を発表。いずれもキャラメル工場や女給として働いた佐多自身の体験をもとにした作品である。この二作品において新進作家としての地歩を固める。以後終戦までの間、プロレタリア文学運動の女性作家として役職に就きながら数多くの作品を発表する。昭和二〇年五月、窪川鶴次郎と離婚。戦後は「私の東京地図」（「人間」昭和二三・三～「芸術」昭和二三・五にかけて他誌にも断続的に発表）、「歯車」（「アカハタ」昭和三三・一〇～三四・四）などで戦前期の活動や生活を描く一方、「夜の記憶」（「世界」昭和三〇・六）、「渓流」（「群像」昭和三八・七～一二）、「塑像」（「群像」昭和四一・一～七）など共産党活動を描いた作品も数多い。また昭和六〇年に樋《ひ》口《ぐち》一葉《いちよう》「たけくらべ」の美登利をめぐって日本近代文学研究者前田《まえだ》愛《あい》を相手に論争するなど終生活動的であった。

小林多喜二（こばやし・たきじ）

明治三六年一〇月一三日～昭和八年二月二〇日。秋田県生。小樽高等商業学校（現小樽商科大学）卒業。明治四〇年一二月、父末松が病気のため伯父慶義《けいぎ》をたよって一家は小樽へ移住。多喜二は伯父のパン屋を手伝いながら通学した。在学中より絵画や小説創作に親しみ文芸誌の投稿に励んだ。小樽高等商業学校の下級生に伊藤整《いとうせい》がいる。大正一三年小樽高等商業学校を卒業し、北海道拓殖銀行小樽支店に勤務。雑誌「クラルテ」を創刊主宰。このころ不幸な境遇にあった田口タキを知り身請けする。大正一五年頃から葉山嘉樹、ゴーリキーなどの作品を読み、プロレタリア作家としての自覚を持つようになり、小樽の労働運動に関係を持ち始める。昭和三年、共産主義者への弾圧事件である三・一五事件が起こり、それを題材にした「一九二八年三月一五日」（「戦旗」昭和三・一一、一二）を発表し広く知られるようになる。次いで「蟹工船」（「戦旗」昭和四・五、六）を発表。この二作によってプロレタリア小説家としての地位を固める。北海道の農場で働く小作人と小樽の労働者の共同闘争を描いた「不在地主」（「中央公論」昭和四・一一）を発表するが、この作品が直接の原因となり勤務先の銀行を解雇される。昭和五年三月、上京。「工場細胞」（「改造」昭和五・四～六）を発表。この年は日本共産党に資金援助をした疑いで検挙され投獄されている。昭和六年、田口タキとの結婚を断念。同年には「一九二八年三月一五日」がロシア語、ドイツ語など各国で翻訳されている。昭和七年四月、奈良に志賀直哉《しがなおや》を訪ね、帰京後宮本顕治《みやもとけんじ》らとともに地下活動に入る。この時の体験が「党生活者」（没後「転換時代」の仮題で「中央公論」昭和八・四、五に発表）に描かれる。同年伊藤ふじ子と結婚。昭和八年二月二〇日、築地警察署特高係に逮捕され、築地署に連行。拷問の末絶命。検察側は死因を心臓麻痺と発表したが、体全体にはあざが残され腫れ上がっていた。デスマスクは千田是也《せんだこれや》によって製作され現在、小樽文学館に残されている。

中野重治（なかの・しげはる）

明治三五年一月二五日～昭和五四年八月二四日。福井県生。東京帝国大学文学部独文科卒業。第四高等学校在学時より文学に親しみ、関東大震災のため帰郷していた室生犀星《むろうさいせい》を知る。東京帝国大学在学中の大正一五年四月に窪川鶴次郎、堀辰雄らと同人雑誌「驢馬」を創刊。同誌に「夜明け前のさよなら」（大正一五・五）、「歌」（大正一五・九）などを発表し評価される。この頃よりプロレタリア文学運動に接近する。大学卒業後の昭和三年一二月、全日本無産者芸術連盟（ナップ）の設立に参加。昭和五年に東京左翼劇場の女優、原泉《はらいずみ》と結婚。昭和七年四月に逮捕され以後二年間獄中生活を送る。昭和九年五月共産主義運動から身を引くことを条件に釈放されるが、厳しい環境の中で転向小説の代表作「村の家」（「経済往来」昭和一〇・五）を発表する。昭和一二年の日中戦争勃発後は厳しい言論統制の中で「汽車の罐焚き」（「中央公論」昭和一二・六）、「歌のわかれ」（「革新」昭和一四・四）、「空想家とシナリオ」（「文芸」昭和一四・八）などの優れた作品を発表。戦後は日本共産党に再入党し自伝的長編「むらぎも」（「群像」昭和二九・一～七）、自身の少年時代を描いた「梨の花」（「新潮」昭和三一・一～三三・一二）を発表。その後も「甲乙丙丁」（「群像」昭和四〇・一～四四・九）などの力作を発表する。また昭和二二年四月に参議院選挙に日本共産党から立候補（全国区）し当選。昭和二五年五月まで国会議員を務めるなど政治家としての側面もある。

宮本百合子（みやもと・ゆりこ）

明治三二年二月一日～昭和二六年一月二一日。東京都生。父は建築家の中条精一郎《ちゅうじょうせいいちろう》。母葭《よし》江《え》は明治初期の思想家西村茂樹《にしむらしげき》の長女。お茶の水高等女学校を卒業後、日本女子大学英文科予科中退。本名ユリ。お茶の水高等女学校時代より樋口一葉、トルストイなどを読みふける。大正五年「貧しき人々の群れ」を坪内逍遙《つぼうちしょうよう》の推薦によって同年九月「中央公論」に中条百合子の筆名で発表。天才少女と注目を集める。大正七年九月、父とともに渡米。大正八年一月、コロンビア大学聴講生となり一五歳年上の古代東洋語の研究者荒木茂《あらきしげる》を知り同年一〇月に結婚。しかし夫婦関係は続かず大正一三年春に百合子がロシア文学者湯浅芳子《ゆあさよしこ》を知ったことが転機となって同年夏に荒木とは離婚。翌一四年一月から湯浅芳子と一戸をかりて共同生活を始める。「伸子」（「改造」大正一三・九～一五・九）はこのような中で起稿され、断続的に一〇回に分けて連載された作品である。百合子自身の結婚と破綻を描いた作品で、連載終了後入念に推敲を加え単行本化（改造社　昭和三・三）されている。昭和二年一二月から五年一一月まで湯浅芳子とともにソ連に遊学し、共産国の社会と芸術について理解を深める。帰国後は直ちに日本プロレタリア作家同盟に加入、翌六年には日本共産党に入党する。七年二月に文芸評論家で共産党員の宮本顕治と結婚する。八年末に宮本顕治はスパイ容疑で投獄、戦後になって出獄するまでの間の夫婦の記録は百合子の没後『十二年の手紙』（筑摩書房　昭和二五・六）によってまとめられている。昭和一二年一〇月に筆名を宮本百合子に改める。戦後は「播州平野」（「新日本文学」昭和二一・三〜二二・一にかけて他誌にも断続的に発表）、「風知草」（「文藝春秋」昭和二一・九〜一一）、そして「伸子」につながる二篇の自伝長編小説「二つの庭」（「中央公論」昭和二二・一〜八）、「道標」（「展望」昭和二二・一〇〜二五・一二）を発表する。この時期に日本共産党の分派闘争が起こるが、それが表面化する前の昭和二六年一月に百合子は急逝している。

プロレタリア文学論

芥川龍之介

ここではプロレタリア文学の悪口をいうのではない。これを弁護しようと思う。しかし私は一般にブルジョア作家と目されている所より、お前などが弁護する必要がないといわれるかもしれない。

プロレタリア文学とは何であるか。これには色々の人がそれぞれ異った見解を述べているが、私はプロレタリア文明の生んだ文学でブルジョア文明の生んだブルジョア文学と対比すべきものであると思う。しかし現在の社会にはプロレタリア文明は存しない故にその文明によって生まれたプロレタリア文学はない筈である。故に何か外にあてはまるものはないかといえば、同じブルジョア文明の生んだ文芸の中の一つをプロレタリア文学と見ることであろう。でここに同じ文明の下にあってもその作家次第で、プロレタリア文学ともブルジョア文学ともなるのである。即ちプロレタリアの作家が作ったものがプロレタリア文学である。しかし作家のプロレタリアであるかないかはなかなか考察するに至難でプロレタリア文学の作家といわれているかのバーナードショーのごときはなかなか豪奢な生活をしていて日本のブルジョア作家よりもブルジョア的な生活をしている。ショーの外に、そういう生活をしているプロレタリア文学者は大陸に多くいる筈である。故に作品の中にプロレタリアの生活を書いているかいないかによってブルジョア文学とプロレタリア文学が区別さるべきであろうか。これも疑問である。ショーのものにはプロレタリアの生活が表向きに書かれていない。出てくる人物は大抵ブルジョアもしくは中産階級である。しかし彼の作品を目してプロレタリア文学というかといえば、人物や生活はプロレタリアのそれでなくても背後にブルジョア生活等の崩壊が暗示されているからである。したがってプロレタリア文学とブルジョア文学との区別は作者や題材によってできるものではない。即ち作者の態度で決定されるものであろう。作者がプロレタリアの精神に反対か賛成かで分かたれるものである。しかしかしてプロレタリアの精神にそれは表向きでなくても味方である作者の描いたものは勢いプロレタリア文学である。しかしそう一概に黒と白というようにはいかないものである。黒と白の外に赤や青の色もあるようにプロレタリア精神にも反対せず味方でもないという中間的な立場もある。しかしてこの立場はブルジョア精神に対しても同様である。又文学の中の俳句などはたとえ作者がプロレタリアの精神に味方するといっても、その句の中にプロレタリアの精神を高調することはできない。又音楽でも軍歌のようなものでプロレタリアの行進曲でも作れば一寸《ちよつと》プロレタリアの音楽のように受けとれるがそれは軍歌であって音楽の範囲外にある。こういう風に芸術方面においてその形式、本質のため必然的にプロレタリアの精神に味方しそれを表現できないものがある。この点自由であるといわれている小説、戯曲でも恋愛を中心としたもので同時にプロレタリアの精神を高調させようといってもいるというようにその芸術に何でもプロレタリアの精神が表現されていないからといってそれをブルジョア芸術と呼ぶのは的に外れた考えである。故に明らかにプロレタリア精神に反抗する意表に出でたもののみがプロレタリア文学に対立すべきものである。

さてプロレタリアの精神に味方したものに大体二通りあると思う。第一は宣伝を目的としたものと、第二に文芸を造る傍ら宣伝するものとがある。第二の部類にはショーの作など入ると思う。しからばその宣伝とはなんであるかというに多くの人は、第一に階級闘争の精神を眼目にし、戦いに向かって進むという力が宣伝の内容であり目的であるという。しかし実社会は非常に複雑しているのであって、大まかに資本家とプロレタリアという風に画然と別れていない。一例を揚げていうにAという菓子屋はBという得意先との関係は資本家と労働者の対立に近いが、そのAなる菓子屋はCなる職人（菓子を造る）とは又自分が資本家になる関係におかれる。かくのごとく所謂宣伝の対照もはっきりせずその宣伝のために迷惑を蒙る資本家でない人もある。それはとにかくとしてプロレタリア文学はやはりうまいものでなければならない。まずいものはいけない、なぜかというにたとえプロレタリア文学は宣伝を陰に陽に主張していることによって想像できるごとく、彼らの目的はプロレタリアの天下を将来させるための一つの啓蒙的な一時的なものであるといっても、将来は文学として立派なプロレタリア文学ができるが、現在ではその踏み台だ。それでいい、それだからまずくてもいいという論は立たないと思う。又あらゆる文芸は死滅せざるを得ない。伝統は滅びる。しかし過去の死滅した文学もその当時にあっては立派に生きていたように、将来はいいものが必ずできるからといって現在のプロレタリア文学の不完全を是認できないのである。現在でもいいプロレタリア文学を造らなければならない。それは私という人間が早晩死ぬだろうが、現在はこの通り生きている。それは非常に見識の高い人間から見れば私は生きているようでその実中味は死んでいるといわれるかもしれないが、ともあれなんといっても私はこの通り生きているように、一つの過渡期における産物、将来の足場同様のプロレタリア文学といっても、現在われわれの胸を打つ力のあるものでなければならない。相当芸術作品としてものになっているものでなければならない。佐藤春夫君がプロレタリア文学には生々しい実感がなければならないといったのも要するにいいものを、すぐれたプロレタリア文学を求めんとする所の叫びに外ならないと思う。

私が文壇においてプロレタリア文学の叫びは三、四年来耳にするのであるが、私の目する所をもってすれば私達の胸を打つプロレタリア文学なるものは未だ嘗て現れないようであり、又同時にプロレタリア文学は誰の人によっても未だ形をもつに至らざる処女地のようなものであると思う。私たち今の作家の多くがいわゆるブルジョア的である故にこれから新しい文学を樹立せんとする新人は大いにプロレタリア文学の処女地を開拓すべきであろうと思う。いいものはいいのである。プロレタリア文学の完成を私は大いに期待するものである。

（一九二六〈大正一三〉年『秋田魁《さきがけ》新報』）

芥川龍之介　一八九二（明治二五）—一九二七（昭和二）年。小説家。第一創作集「羅生門」によって文壇の地位を確立。以後、王朝物、キリシタン物、開化物など、たえず新機軸につとめ、知的で清新な作風をつくりあげた。

この評論は、『秋田魁新報』に二度にわたって掲載されたもので、流行しはじめた「プロレタリア文学」を「ブルジョア文学」と対比させて論じている。

中野重治『愛しき者へ』を読む

鶴見俊輔・松尾尊兊《たかよし》

子どものころの情景

松尾　歴史を勉強している側から言えば、こういうなまの資料（中野重治の書簡集『愛しき者へ』中公文庫）はひじょうにありがたい。手紙がまとまって保存されている例はほかにもあります。河上肇さんのも大量に保存されて全集に入っていますし、宮本顕治・百合子夫妻のあいだの有名な『十二年の手紙』は出版され出ている。中野さんが亡くなられたのは一九七九年の夏ですから、四年も経たないうちに家族あての全書簡がまとめられたのは、例のないスピードだと思う。

この手紙の書かれた時代は、満州事変（一九三一年）前後の特色のある時代で、大恐慌下においてひじょうな勢いで民衆闘争が発展した後に満州事変が起こり、戦争のほうに民衆のエネルギーが動員されていき、国内の闘争が沈静に向かう。共産党自身、三・一五、四・一六という弾圧事件で中心部を失い、指導部のなかにスパイが入り込む、にもかかわらず共産主義運動それ自体は、戦時下一時的にせよ発展する。そういう時代です。

そのころの革命をこころざす青年男女の結びつきや、あるいはその周辺はどういうものであったのか。革命という一つの理想のもとに男女が結びつくということは、それまでにない現象ではあるまいか。その結びつきにもいろんなタイプがあって、高等教育を受けた者どうしの結びつきというのがある。宮本顕治夫妻はその一つの例でしょう。百合子さんのほうは目白（日本女子大）を中退したあと、著名な作家となっており、当時における女性の大インテリであるわけです。片や中野さんの場合は帝大卒業生と、原泉さんという小学校しか出ていないひじょうに苦労してきた女性との結びつき。窪川鶴次郎・佐多稲子もそういうタイプです。

『小林多喜二と宮本百合子』という単行本で中野さんがこう書いておられた。いまの若い人たちが、権力側にくらべ圧倒的によわかった昔の運動のなかの人びとの心情について、感覚的にわからなくなってきているということはいいことだ。しかし、お父さんやおじいさんがどういう状況をとおってきたのかということを、なまなまと知ってくれるのはなおさらいいことである、と。今回の本はそのためのよい材料です。

鶴見　藤田省三氏が、「戦前の共産主義者はみんなえらかった」と言うのですよ、一人残らず無条件に。判断としてはなかなかいいなという感じがする。その表現には戦後に対する批判もふくんでいて、細かいところまで展開しない、矢を放たないところに妙味があるのですけれども、同時に無条件に全部えらかったというところに、ある種の力がこもっている。

大正なかばから昭和二十年（一九四五）までをふり返ってみますと、日本の共産主義運動は確かにソビエト・ロシア政府の権力を握っている人たちの政策に振りまわされ、無批判にそれを日本にあてはめるというぐあいのわるいことをさかんにやっている。学問としてだけじゃなくて、政治運動としてもぐあいがわるいのですけれども、逆に言えば、日本の軍国主義がもっていた必勝の信念にきわめて似た論理を共産党の側も立てて、とにかく労働者の祖国であるソビエト・ロシアの政府の方針を疑うなんてとんでもない、というやりかたで軍国主義に対していた。これは道徳的な力がありますが、共産党も軍国主義も、どちらも必勝の論理なのですね。

つまらないいじゃないかと、いまふり返ってみて言えるかもしれません。しかし、わたしには共産党は手力男命《たぢからおのみこと》みたいな気がするんです。天の岩戸がちょっとあいたらグーッと強力であけたでしょう。そうした力を、大正のなかばからつぶされるまでもっていたし、つぶされても生き残った人が獄中でそれを保ちつづけたというのはたいへんなことです。日本の大衆精神史から見ても、敗戦に至るまでの共産主義者の努力は大きいと思います。率直に言えば非科学的ですけれども、強引な力であけることをとおして、日本のなかで天皇制をふくめて自由に論議する場所を、わずかながらつくっている。この事実の重さを戦後受け止めかねているし、ことに高度成長期などには受け止められなかったと思いますね。文献だけであの時代をさぐっても、追経験できるもとがないもの。そのことを考えると、敗戦までの共産主義者はみんなえらかったという藤田省三氏の考えに、わたしは共感をもつんです。

そのなかで、中野夫妻は特異な人たちなんです。どんなひどいことをしたやつもえらかったという視点から見て、この夫妻はものすごくえらかった。なぜ中野夫妻がそのなかで際立っているかというと、中野重治の方法は、大正に青年であった共産主義者のなかでは、めずらしく演繹的じゃないんですよ。原泉もそうです。大正から昭和初年にかけて左翼学生運動の中心だった東大の学生団体「新人会」の宣言にあるのですが、演繹的方法では、まず現代を貫通して世界史の大勢をつかむ。それが誤りなくつかまれていれば、現在起こっている社会のことはもちろんのこと、家庭生活から何から全部わかる、そういうとらえかたがあった。演繹するもとのテーゼを探し求めて、輸入してくる。テーゼをもった者は、如意棒をもった孫悟空みたいなものです。

テーゼそのものがもたらされる前に、福本和夫の福本イズムがものすごい力をもつでしょう。それ以前の人がマルクス主義のパンフレットみたいなものを読んでいたのに、ヨーロッパで、本場の最新のドイツ・マルクス主義の本を読んだ人が出てきた。これが唯物弁証法です。福本に後光《ごこう》がさすわけです。その後、水戸黄門の印籠みたいに、コミンテルンの「二七年テーゼ」が出て福本は倒されるんだけれども、大前提で演繹するやりかたは、敗戦にもかかわらず戦後までもち越されるのですね。

中野重治がおもしろいのは、マルクス主義の流れのなかにいながら、別の道をくりかえし模索して小さな傍流をつくっているのです。戦前の仕事ですと『村の家』にいちばんよく出ていますね。それから『歌のわかれ』、この『歌のわかれ』が戦後の『むらぎも』（講談社文芸文庫）、それから『梨の花』（新潮社）に流れる。この流れにあるのは、子どものころの感覚、こうなんだな、こういうことはいいんだなという、状況のなかでの一瞬の感覚はテーゼによって包摂されるものではないという考えなのです。

『むらぎも』のなかで、新人会のえらい人の話を聞いているうちに、「おれは稲妻を信じているんだ」とどなり出したい衝動にかられるところがあるでしょう。雷が落ちてきて、稲妻が稲穂を照らす。そのとき実りをもたらすという感じをもちます。ああいう情景を、中野重治は中農の子どもとして、子どものときから仕事を手伝いながら見ていたわけでしょう。それはテーゼによって包摂されない、自分の生きかたなのです。そこから未来をめざしていこう。その意味に何かを付加するものとして、それと格闘するものとして、モスクワからのテーゼが出てくる。そういう図柄の独創性がおもしろいのですね。それは獄中から獄外の原泉への手紙のなかに、くりかえし出てくるのと同じものです。原泉が東大法学部出身じゃないですし、テーゼを全部包摂するしかたで考えていく必要がないですから、手紙は実験工房だったような感じがしますね。

松尾　中野さんの出発が、室生犀星をとり囲む同人『驢馬《ろば》』の文学であったということが大きな意味をもっていると思うのです。佐多稲子さんの『夏の栞《しおり》』（新潮社）にも出てくるけれども、集まっている人たちは中野さん初め東大の学生が多くて、インテリだけれども、ご本尊の室生犀星という人が違うタイプの人だったわけでしょう。そのそばに芥川龍之介がいて、中野さんに注目する。そういうところから中野さんが出発していくわけですが、中野さんは高校のときから歌をつくり、絵を描き、芸術の世界からプロレタリア運動に出ていった。その姿勢からして演繹的ではない。

しかもその文学の世界は、室生犀星というドロドロしたものをいっぱいもった、金沢と東京と、しょっちゅう田舎と都会とを往復している人を中心に構成されている。そこには窪川鶴次郎、西沢隆二（ぬやま・ひろし）、堀辰雄さんもいるわけだけれども、そこから共産党に行った人たちで、最後まで忠実なる党員でとおした人がどれくらいいるのだろうか。中野さんも窪川さんもそうだし、西沢さんなども中野さんとは共産党をあいだに挟むような関係になってしまうが、共産党の中心部からはずれたということにおいて共通です。これは共産党にとってもけっしてのぞましい事態ではなかったと思います。

人間の暮らしかたの重さを感じとる

松尾　演繹的でないことは、結婚の形式にも出ている。演繹的な人であれば、インテリどうしの結びつきというような道を選ぶ気がします。中野さんと原さんとの出会いは恋愛ではないですね。中野さんは作家同盟の仕事をやっている。当時のプロレタリア文学者の集団は、同時に演劇と深い関係にある。ときには作家が役者になるということもある。そのなかで中野さんは原泉さんを見つけて、中野さんの目に好ましい存在として映っていたことは、『留守』という小説を読むとよくわかる。

話をとりもったのは窪川鶴次郎であり、西沢隆二であり、中野さんにあの人はどうかということを言い出したのは佐多稲子さんです。けっして二人だけで話し合っていっしょになったのではない。原さんの正直なところが気に入った、字がきれいなところも気に入った、そのへんが中野さんらしいというか、素朴な感じかただと思うのです。

そういう人を好きになって女房にして、意識してやっているのじゃなしに、人生の教師風に、彼女に言わねばならない、言いたいといったものが、自然に流れ出るように書かれている。彼女にとって、ためになる話もいろいろもち出される。相手を傷つけないように、「こんなことを言ったらまた叱られるかもしれないが」とかいう注釈をつけながら。中野さんは原泉さんのなかにある人間的なつよさにひかれたのでしょう。この手紙を読んでいても、中野さんの言うことに、はいはいと従うタイプではなくて、ときどき手きびしい反論を加えられる。中野さんのほうもすなおにそれを受けとるというところがありましてね。

鶴見　『夏の栞』に結婚の通知状が引用してあります。「中野重治、原泉子、右両人このたび結婚いたさせ候」。これが西沢隆二、窪川鶴次郎連名で出されるのです。この文言には中野重治本人も加わっていて、それを好ましいと思って出したのですね。「結婚いたさせ候」というのは別に籍を入れることじゃないので、長らく籍には入らない。と言うとひじょうにおもしろいのだけれども、グループのなかで結婚が承認されることに主眼があったのでしょう。この文言はひじょうに古風ですね。その古風なものを形式として受け入れるというところに、中野重治のおもしろいところがあると思う。

『村の家』のヤマ場は、父親である中野藤作と中野重治自身が対峙するところにあるわけですが、自分のおやじを、簡単にしりぞけられない重さをもつものとして描いていますね。この『愛しき者へ』ではことばもそのまま引かれているのですが、「また転向の批判を受けた。美しい例として小林多喜二、醜い例として床次竹二郎を出された。今までの仕事を帳消しにしたくなければ文筆を捨てるがよかろうと言われた。……いちいち肝に銘じた。その他いずれ話す」（上巻四二五ページ）。

これが『村の家』のモチーフになって展開していくわけだ。つまり中野藤作という父親は、これと決まったときにはしっかり腰を据えて、それにあたるのが運動する者の心得だという考えかたなんでしょうね。

いままでやってきたことはいままでやってきたこと、書きつづければこれに泥を塗ることになる。そういう考えですね。それに承服しない、で、泥を塗ることになっても別様の道が開けるというのが中野重治の意見なんだけれども、そのとき、「お父さんは古い。わからない」ということなく、父親のなかに、いままで生きてきた人間の暮らしかたの重さを感じるのですね。デュバリーというコーネル大学の女性教授が『村の家』を米語訳しているが、この作品のもっている特別の値打ちが外国人にもわかるのでしょう。

『驢馬』のなかには古風なものがあって、西沢隆二なども、牢屋に入ってから、ブルジョア自由主義を自らのほうに引き寄せてとり込まなければ前へすすめないという考えかたになるんですよ。それはあまり影響力をもちえなかったんですが、その直感はたいへんおもしろい。西沢は中野重治ほどの文学的、思想的実力はもちえなかったけれども、似た直感があって、なんとかして正岡子規全集を出したいとか、そういう古風な考えかたと結びついていく。

子規の従弟の正岡忠三郎という人物、司馬遼太郎が『ひとびとの跫音』で書いてますね。文学者ではないけれども、日本の文学を底のほうから支えている要《かなめ》の人です。正岡忠三郎自身がひじょうに古風な礼儀とけじめをきちっと守った人で、戦争中もそのように生きた。ふつうの人間のまともな感覚――たとえ中国戦線に引っぱられてもこういう人は女子凌辱《りょうじょく》なんてしないでしょう——そういう人間の確かさというものを中野重治は感じとり、その重さは、マルクス主義、レーニン主義、スターリン主義といえども、簡単に切り捨てることはできないんだということを知っているわけですね。

そうしたことを子どものときから勘で知っているからこそ、マルクス主義に触れる前に歌を書きえたし、詩を書きえた。中野重治にとっては、マルクス主義より前に日本のことばがあり、日本のスタイルがあったのですね。

人間関係を重んじ妻の意志を尊重

松尾　友だち関係をたいせつにするということも中野さんの古風なところではないかと思う。『夏の栞』を見ましても、『驢馬』のグループから出発してまた『驢馬』に帰っていったという印象も受ける。佐多さん、あるいは『驢馬』のメンバーじゃないけれども壺井栄一家。こうした人たちと昔からの人間関係がつづいているという感じを受けました。

鶴見　社会科学の方法はモデルをつくっていくことにあるのです。人間が生きていく基本的な単位として家というものがあって、家で接触して子どもが生まれて、家のなかで育って、もっと大きな集団をつくって、部落から国家をつくっていくという単位がある。社会学の枠のなかだとそのあたりで話が終わってしまう解説も多いけれども、定型に対して非定型がどうしても出てきます。そこから動態社会学が出てくる。

社会の基本的な単位として、もし国家があり家というものがあるとすれば、文学なんて起こりっこない。文学というのはまったく定型と違う。人間と人間の触れ合いがあって、小さなとんでもない細流があるからで、プラトンとわたしとはほとんど関係ないみたいに見えても、細流によってプラトンとわたしとが一つの基本単位になりうる。人間と人間もそうです。窪川の細君だった佐多稲子のところに中野重治が来て、自分たちの合宿ではどうしても仕事ができないという。定型理論ばっかりやっているから文学なんて書けないわけですね。佐多稲子は、ふすまを閉めて、針仕事をする。隣で中野氏が何か書いていて、二、三時間して去っていくところが『夏の栞』にありますね。そういうときの佐多稲子と中野重治は、文学とか人間の精神という意味から言えば一つの基本単位ですね。

そのおもしろさがあるのですね。佐多稲子が旦那とともにつくっていた家と、原泉が中野重治とともにつくった家とは、交流があり、それは一つの基本的な単位になるわけでしょう。中野さんの最後の場面でも、佐多さんが病室に入っていって足をなでると、「あ、稲子さんか」―と気がつくところがありますね。ああいう微妙なもの、定型と違う精神の単位がいつでも成立している。それをなくしたら人間の精神なんてありえない、文学なんて成り立つわけないでしょう。そういう微妙な感じを『夏の栞』は伝えますね。痛みが人間の精神にとって基本的な集団の単位になっている。

松尾　中野さんと佐多さんとの人間関係は、めったにないとり合わせという感じもしますね。中野さんが佐多さんの文学を論じた文章がいくつもあるけれども、そのなかで、「一人の女佐多稲子に女を見いだしたのは窪川鶴次郎である。そのなかに作家を見いだしたのはわたしである」ということをくりかえしている。

鶴見　それは『夏の栞』にも出てくる。随筆であったものを小説としてもっとふくらまして書いたらということを手紙に書いて、窪川鶴次郎がいないときに封書にして佐多稲子にわたして、窪川鶴次郎があとで帰ってきて、開けて佐多稲子に伝える。これはある種の古風なけじめの感覚ですよね。だけど盛られている内容は新しいものでしょう。

松尾　話はもどりますが、結婚しても籍を入れなかったという問題があるわけですね。澤地（久枝）さんは解説のなかで、中野さんの田舎の家、とくに家つき娘だったお母さんに対する遠慮があったんじゃないかと書いていますが、はたしてそうだろうか。

宮本顕治夫妻の場合は、一九三二年の結婚後、三年足らずで百合子さんが籍に入るわけです。入籍前から何回も、百合子さんは山口の宮本さんの実家に出かけます。よき嫁というかたちです。

原泉さんと中野家の関係はずいぶん対照的で、初めて田舎の家に行くのが一九四一年です。おそらく経済的なこともあるんでしょう。それにしても原泉対中野家という関係は、宮本百合子対宮本家とまるで違う。中野さん自身この手紙にあるように、田舎を訪ねてほしいという希望をしばしばもらしているけれども、原泉という一人の女優の考えかたを尊重するという気持ちがあったのではなかろうか。

『十二年の手紙』とこんどの手紙をくらべてみたら、おもしろい問題がいろいろ出てくる。単純なことから言えば、手紙の回数からして違う。中野さんはたくさん奥さんに手紙を出すでしょう。ところが奥さんのほうからはたまにしか返ってこない。ところが宮本夫妻は、せっせと外から百合子さんが手紙を書いて、それに対してときたま顕治氏がその返事を書く。ぜんぜん逆ですね。どちらかというと中野さん夫婦の場合は、奥さんのほうが多少いばっている感じがある。宮本夫妻の場合は年下の顕治さんが少しいばっている感じです。せっせと百合子さんが尽くしている。

仲間の名を明かさずに切り抜ける

鶴見　「素朴ということ」というエッセイがあるでしょう。わたしは棒でぶたれたような印象が残っているんだけれども、車輪をつくった者の名は後世に伝わらないというのがありましたね。中野重治の文章、作品はけっして素朴ではない。素朴さに見合うような文章を残してないと思います。にもかかわらず素朴がいいなというのがつねにあって、それが中野重治の内部で文体を磨きつづけた。内部にあった一種の他山の石ではないでしょうか。

そこを考えていくと、あるテーゼが世界史をつかむというのとぜんぜん違うところを見ていることは確かですね。インテリというのをあるていどのものとして初めから限定していますね。知識人は素朴であることがむずかしいわけです。しかし素朴さに対してつねに努力していくということがなければ、知識人としては終わりなんですね。そのことは中野さん特有の晦渋さと複雑さをつくってきた。そこがおもしろい。中野重治は妙好人《みょうこうにん》じゃないでしょう。

松尾　文章の書きかたについても、なるほどというか、ピシッと打たれるくだりがずいぶんありますね。「我々が勇気をもつ限りは、この世は生きて苦しむに甲斐あるところだ。そうしてこの生きて行くというところにすべての善と美とがある。生きて生きさらなければならない。ある場合に兵士が、たとえ卑怯といわれても逃げのびなければならないのは、この生きて生きさらねばならぬという理由があるからだ」（三〇七ページ）。ここを読みますと、中野さんの転向ということに結びついてくると思うのです。中野さんの転向の理由がよくわからない、そのへんの事情を中野さん自身くわしく書いてないという指摘がこれまでされてきたと思うのですが、転向前後の手紙を読むと、わかる感じがするのですね。

時間的に言えば、一九三四年五月十七日付の手紙では転向の気配がまったくない。それが二日後には公判で上申書を書く。わずか二日間のことです。二十六日には判決が出て、すぐ出所する。それから先で興味があるのは、六月十一日の奥さんあての手紙で自己批判のように書く。「俺は仕事はして行く。今度の始末については、こまかいイキサツもくわしく話さねばならぬが、事柄の本質上いいわけということは出来ぬことである。で、俺としては、これからの仕事で取りかえしをつける外はない。厳密に言えば、これは取りかえしのつかぬことなのだが、つまりそのこと自体はとりかえせないことなのだが、それはそれとしておいて、新しく仕事をすることでその埋め合せをしたいと思っている」（三九八ページ）。これが中野さんの有名な「革命運動の伝統の革命的批判」（「『文学者に就て』について」）に結びついていくわけでしょう。

転向の決心がひじょうに早いと同時に、それからの立ち直りもずいぶん早いという感じを受けました。『村の家』に出てくるのですが、「彼は治療が今度の逮捕でまた中断された梅毒のことを考え、それからくる発狂に恐怖を感じた」。ここに書かれてあることは、こんどの手紙と合わせて考えると、事実だという感じがしますね。それまで中野さんは運動から手を引くということは言っていたが、共産党員であるということを認めなかったのに、認めてしまう。

鶴見　認めなかったというのは、仲間の名前を出さないということです。それが最大のポイントです。自分が共産主義者であるということは認める。仲間の名前を出すかどうか、そこでしょう。

松尾　少なくとも中野さんの小説で見るかぎりは、中野さん自身は仲間の名を言ったように思えないですね。取り調べのとき、すでにおまえは党員だったと仲間が言っているぞと、いろいろ言われるけれども自分はそれを認めない。

中野さんの上申書が出てくれば、中野さんが党員として自分を認めたということが、人の名前を出して、いもづる式に手がかりを与えるようなかたちをとっての共産党員ということの告白であるのか、ほかの人がいろいろ言っていることを是認したことにとどまるのか、はっきりすると思う。

鶴見　『村の家』のなかで、ヘラスのウグイスとして死ねるというのは、人の名前を自分が出すことはまぬがれたということだと思いますよ。わたしはそこにけじめがあると思う。

松尾　結局、中野さんは名前を出さなかった。

鶴見　出さなかった。そうすれば運動全部が壊滅する。そこを超えたいということでしょう。ヤマ場はそこのところにあるみたいですね。

思いがけないものにもひろがる読書

松尾　牢屋でどういう本を読んだのか気をつけてみると、手当たりしだいという感じで、ほとんど系統的でないのですね。いくら系統的に本が読みたくても、まわりの事情が許さない。差し入れする人たちはプロレタリア文学運動の仲間、みんなピーピーいっているなかでの差し入れですね。手当たりしだい読む、そのなかから考えていくということは、おそらく高等学校のときの『歌のわかれ』の時代の中野さんの読書形式とあまり変わっていないのじゃないか。思いがけないものを読んでいて、そこから問題を提出するということは、中野さんの評論のなかによくありますね。小泉八雲についてずいぶん手紙に書かれているという点も、はなはだおもしろかった。

鶴見　古風なものへの評価ですよ。小泉八雲が明治二十年（一八八七）ごろに日本へやってきて感動するのは、けじめの感覚がみごとに生きていることでしょう。

こんなことがありました。晩年、『朝日新聞』の「日記から」を書いていたでしょう。ある日、中条（宮本）百合子のお母さんの中条葭江《ちゅうじょうよしえ》さんの『葭の影』という本をもう一度読みたいと書いてあったのです。わたしはもっていたので送ったんですが、間もなく中野さんが亡くなった。そのとき、その本はあきらめようと思ったんです。それから丸一年して返ってきた。それも、わたしが送ったときは箱がこわれていたのに、箱が修理してあるんですよ。びっくりしましたね。中野さんが自分でしたと思えないな。これは借りた本だからと別に仕分けしてあったんだと思う。原さんが修理されたんじゃないかな。感動しましたね。そういうけじめが生きているというのは少ないんじゃないですか。

松尾　中野さんはピスカートルの本を原泉さんに贈っている。それを久板栄二郎《ひさいたえいじろう》に貸してあったのを、久板さんが生活に困って古本屋へ売って、店先に出ているのが見つかった。それを買いもどしてくれというあたりも、中野さんの書きかたがおもしろい。買う金がなければ自分の名前が書いてあるところを切り取って、そのかわり五銭なり十銭なり古本屋に払ってくれというくだりがある。だれを責めるのでもない。久板を責めるのでもない。条理をつくして書いている。しかしいったい、自分の奥さんに対して本を贈るということが当時あったんだろうか。中野さんと原さんとの夫婦のありかたを考える上で、おもしろいエピソードだと思います。

中野さんという人は、自分の著書でなくても、ある本をある人に贈るときには、中野さんがサインして、ダレダレ様と書く。また人から贈られるときにもそう要求されたですね。

鶴見 本と言えば、豪傑英雄の伝記は何でも読みたいというのがあるんじゃないですか。坂本龍馬、吉田松陰はもとよりのこと、伊藤博文でも何でもいい。

松尾 最初の牢獄時代の手紙と、二回目の牢獄時代の手紙と、多少ニュアンスが違ってくる。詩の材料が最初のときにはふんだんに出てくる。たとえば月についての話のような。あのころ中野さんは、出たらこれで詩を書こうというつもりだったのかという気もするんです。二回目の入獄のときには、ひじょうにそれが薄くなってくる。

自分の好みによって成長していく

鶴見 中野重治はひじょうに学問というものを重んじていましたね。学者を重んじている。

先に言った、科学のテーゼが法則をつかむ、それを演繹して現代のすべてがわかるというのとちょっと違った意味で、学問をひじょうに尊重していましたね。学者に何がわかるかとか、科学なんて意味ないとか、けっして言いませんね。だから森鷗外を重んじているし、柳田泉をひじょうに重んじているでしょう。この本はどれだけの版があって、何年に何版出ているということをきちんと調べるのは重要な仕事だということがわかっている。中野重治氏が相手だったら大学の大衆団交みたいなことはできないだろうと思いますよ。「この専門バカ」とか「おまえはほんとうに一生懸命学問しているのか」とか、そういうことはこの人には言えないと思うな。

中野さんは食べものに対してひじょうに敏感な人ですね。

松尾　人間の基本的な生活をひじょうにだいじにして、まず第一に健康であらねばならない。健康であるためには肉体の訓練が必要である。さらには食物に気をつけねばならない。食物というのが、たんに栄養満点というのじゃなくて、中野さん独特の好みがある。ミツバとかフキとかウドとかいろいろ書いてあるんですが、農家の出だからというだけじゃなくて、もっと中野さんらしい好みが出ているように思うんです。河上肇さんの手紙のなかに出てくる食べもののありかたとか、宮本顕治の獄中書簡に出てくる食べもののありかたとくらべてみたら、中野さん的な特色が出てくる。宮本夫妻のあいだではあんまりそういう話はないように思う。

鶴見　宮本百合子はそんなに食べものに対して敏感な人ではなかったんじゃないかな。中野さんは食べものから何からひじょうに好みのはっきりしている人ですね。好みは自分をつらぬき、自分を固定させずに、自分を成長させていく。あの人は自分のなかに種子をもっていて、発芽し成長していく部分をもっている。それが「新人会」流の、まず科学の法則があってそこから演繹していく、目的による配分というふうなものと対抗していくつよい面をもっていたのですね。樹木の成長みたいなものがあるんじゃないですか、好みによって成長していく。

中野さんは自分の好みをどのていど意識的に修正しただろうか。中野重治論についてのおもしろい問題だと思う。ただし、これはわるかった、まちがったと思うことはあったみたいね。初期詩編についてはなかなか出さなかったでしょう。

柳田国男なんて農村に根がはえているような人だから、認めるのはあたりまえとしても、戦後は志賀直哉を認めるようになってくるでしょう。広津和郎だって認めるようになってくる。戦争中の共生感覚からいって、認めていくことになるわけです。そうした移り変わりを見ていくと、中野重治の仕事全体、政治をもふくめて、うしろのほうで支えているもの自身が変わっていったんじゃないかな。そういうつよい好みによって動かされている人間としては、竹内好さんに似ていますね。竹内さんも自分の好みの狭さを自覚しておった人ですよ。

「偏見は楽しい。しかし無知は楽しくない」と。人間を支えているもの、自分を支えているものは偏見だ。その好みは必ず見えない部分をもっている。自分の狭さの源泉もまたこれだ。自分はこれによって生きるしかないけれども、これは狭い。偏見を捨てれば自分が死ぬから捨てないとしても、偏見が怠惰なよりどころとする無知のほうは刈りとっていこう。それが竹内さんのおもしろい動態的な姿勢なんだけれども、中野重治の場合はどうだったかな。竹内さんほど自覚的ではなかったんじゃないかな。それを調べてみたいね。

「俺は死ぬときも、しまった、というかな」というのが『夏の栞』に出てくるでしょう。中野重治はくりかえし、「しまった」と言ったと思うし、自分で言ったときはその痕跡《こんせき》を作品のなかに残していますね。そこが偉大なところだと思う。そこもたどってみるとおもしろいですね。好みの問題と、判断の失敗の問題ですね。その点、手紙がこれだけ出てくるというのはありがたい。作品と手紙と両方見ることができますから。

松尾　原さんの決断が、今回の出版には大きな役割を果たしているわけですね。

本来から言えば、原泉さんがこの手紙を編集して出されるはずだったろうと思うのですよ。わたしは澤地さんが代役を務めたと受けとるのですが、澤地さんは原泉さんの立場で編集し、解説し、注を書いている。原さんが澤地さんを自分の代役として選ばれたというのはよかったと思います。

手紙には注がぜったい必要だと思うんです。『中野重治全集』（筑摩書房）の十八巻に載っていますが、「『両地書』（魯迅夫妻の往復書簡集）と『十二年の手紙』について」という文章があります。『十二年の手紙』が出たときはひじょうに注が少ないわけです。あれだけではわからないというので、中野さん自身が全体の注にあたるようなことを書いている。こういう手紙が本人の手元に着くまでに何日かかっていると思うのか。牢獄では、出してすぐ着くというものじゃない。電報が一週間遅れで着くということもザラだという話も出てくるわけです。澤地さんの解説と注はなかなかよくできているが、原泉さんの過去、妹の中野鈴子さんの経歴にも触れてほしかった。「左翼劇場」の説明もない。注はもっとつけられてよかったのではなかろうか。

鶴見　澤地さんは原泉さんの聞き書きを別に書くんでしょう。それが出てこないとわからないことがありますね。中野重治氏のほうは、読者もかなり経歴を知っているから手紙を読んでわかるわけですが、原泉さんは経歴や、住んでいた世界にわからないところがある。中野さんが出獄したあと別居するでしょう。とてもおもしろいんだけれども、自分自身の部屋をもつことが、原泉が舞台の人間として生きていくためには必要なわけです。亭主の世話に心を奪われることはできないわけですね。よくわかるのですけれども、澤地さんの仕事がもう一つないと、手紙の解読ができないところがありますね。

（一九八三年）

鶴見俊輔　一九二二（大正一一）—二〇一五（平成二七）年。哲学者。一九四六年、丸山眞男、都留重人らと雑誌『思想の科学』を創刊し、プラグマティズムや論理実証主義を紹介。活発な評論活動を行い、市民の日常に根ざした哲学を展開すると共に、「ベトナムに平和を！　市民連合」や「九条の会」などの市民運動の中心的人物として活躍した。

松尾尊兊　一九二九（昭和四）—二〇一四（平成二六）年。歴史学者。大正デモクラシーを中心に、民衆史・社会運動史を研究。晩年は戦後デモクラシー研究を進め、没後、多数の一九五〇年代前半の学生運動のビラ等の資料が京都大学文書館に寄贈された。

この対談は、妻の原泉に宛てた書簡集『愛しき者へ』（澤地久枝編・中公文庫）の上巻が刊行されたことを受けて行われたもので、『朝日ジャーナル』一九八三年七月一五日号に掲載された。現在、『鶴見俊輔座談　家族とは何だろうか』（晶文社・一九九六年）に収録されている。

付録

「蟹工船」の元となった「博愛丸事件」を伝える新聞記事

「白樺文学館　多喜二ライブラリー」より

一、『小樽新聞』大正一五年九月八日朝刊より

【見出し】

蟹工船博愛丸に雑夫虐待の怪事件／行方不明の二名にをこる疑問／函館水上署に召喚

【記事】

函館市大菱商会経営の蟹工船博愛丸は、六日函館に入港したが、同船が入港と同時に、漁夫・雑夫十余名は、函館水上署に出頭し、監督阿部金次郎が出漁中、漁夫・雑夫を虐待し、尚二名が行方不明になった事件を訴へ出た為め、司法部に於ては、俄に活気を呈し、六日夜来関係者を続々召喚取調中である。

聞く処に依れば、阿部監督は、彼等仲間では鬼金と云はれる男で、狂暴虐待至らざる処な

く、昨年秋多数の病死者を出し、之れに関連して○○問題迄伝へられた福一丸事件も、監督であった彼が主働体となって行ひ、鬼金又は阿部金の名を聞いたのみで漁夫雑夫は震え慄のくと云った有様である。

今回の取調と共に、第二の監獄部屋として、世間から疑惑の目で迎へられて居る蟹工船の内容は、明かとなるべく、水上当局に於ては、之を機会に徹底的取調をする筈である。

（改行、句読点は、編集部が適宜加えた）

二、『小樽新聞』大正一五年九月九日夕刊より

【見出し】

蟹工船博愛丸の虐待事件／この世ながらの生地獄／ウインチに雑夫を吊し上げて、嘲笑う鬼畜にひとしき監督／真に聖代の奇怪事

【記事】

蟹工船博愛丸の漁夫雑夫虐待事件は、引続き函館水上署に於て厳重取調べ中であるが、その結果、鬼監督として有名な函館市千代ヶ岱十四阿部金之助（四八）、元町四十一松崎隆一（三〇）その他幹部は、続々水上署に引致され、拘留中であるが、彼等の悪逆行為、実に監

獄部屋の比にあらず、無警察なのを奇貨として、人間にあるまじき虐待を敢てしたもので、今同船の乗組員某が実際目撃し、更に之を日記に認めたものに依れば、六月十日午後内田と云ふ雑夫が病気で後部の部屋に臥床してゐた処へ、松崎監督が見えて、そこへ甘田工場長が突然出て来り、病のためうんうん唸っている内田を情容赦もなく縛し、更に麻縄を以て旋盤の鉄柱に手足を縛りつけ、胸には「この者仮病につき縄を解く事を禁ず工場長」とボール紙に書いたものを結びつけ、食物もやらずに虐待したのを見るに見かねて、船員が夜ひそかに縄を解いてやった。加藤と云ふ雑夫は同じく仮病と見做され、阿部監督等のためにウインチに吊るされ、空中高く吊るし上られて、船がローリングするためにぶらりぶらりと振り動く度に「あやまつた、あやまつた、助けてくれ」と悲鳴をあげて泣き叫ぶにも拘らず、鬼畜に等しき監督等は「斯うして一般の見せしめにするのだ」と快よげに嘲笑い、驚くべし一日の間一杯の水一食の飯も与えず、虐待し半死んでゐたのを、船員が引卸して手当を加えたため、漸く蘇生したが、彼等はこれに止まらず、棍棒ハンマーを携へて、あっちこっちに監視の眼を光らし、少しでも怠けた者、病気で休む者があれば直に残虐の手が頭上に下るもので、さながら此の世の地獄である。

（句読点は、編集部が適宜加えた）

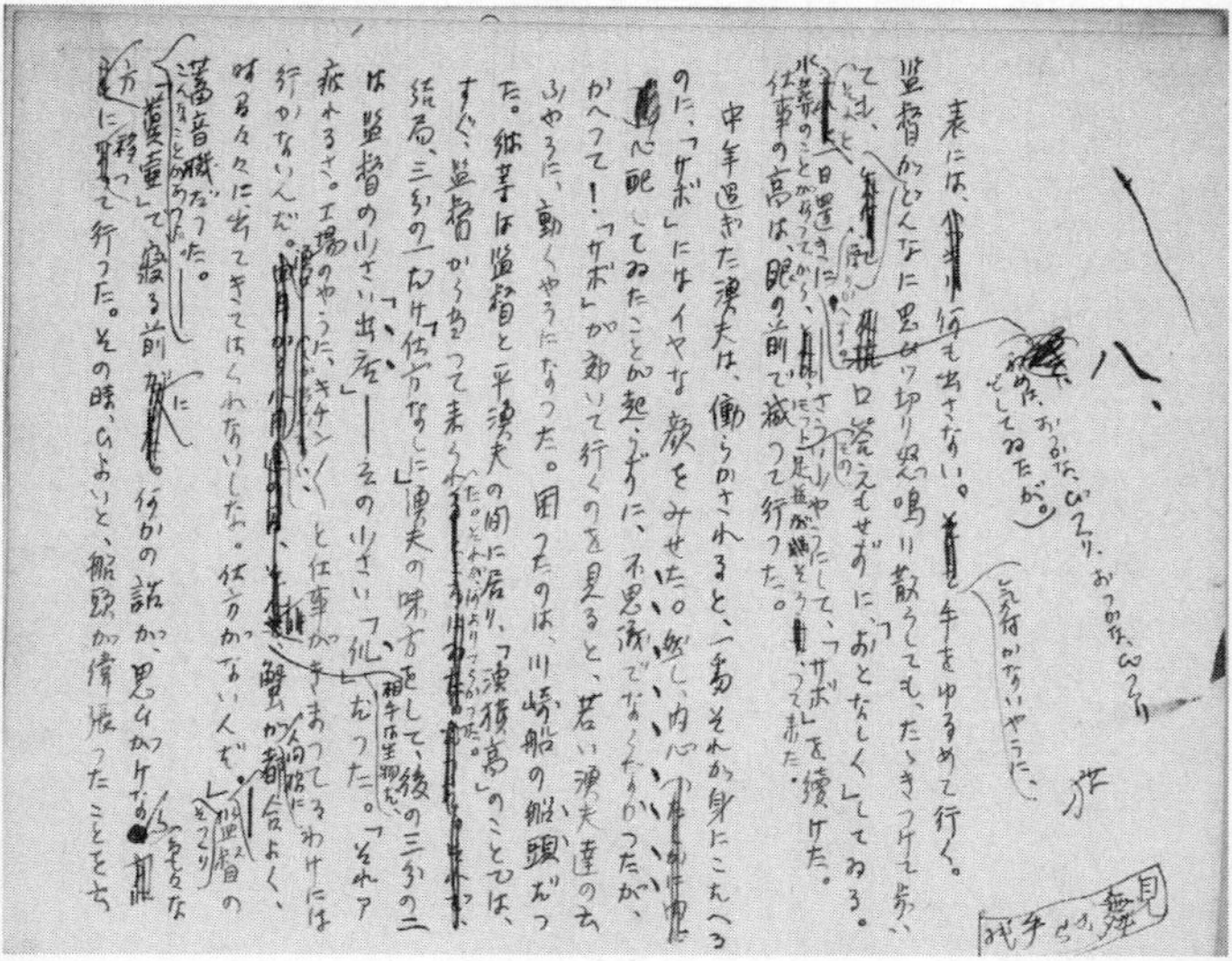

小林多喜二「蟹工船」草稿ノート（部分）
『DVD版　小林多喜二草稿ノート・直筆原稿』
（丸善雄松堂書店・二〇一一年二月）

後ろから七行め「は監督の小さい「出店」——その小さい「爪」だった。」とある。

年譜（太字の数字は月・日）

一九一〇（明治四三）年　**6**幸徳秋水ら、多数の社会主義者、無政府主義者が天皇暗殺計画の容疑で逮捕（大逆事件）。

一九二一（大正一〇）年　**2**小牧近江・金子洋文らプロレタリア文学誌『種蒔く人』創刊。

一九二三（大正一二）年　**9**関東大震災。甘粕正彦憲兵大尉らにより、大杉栄・伊藤野枝ら殺害。**10**『種蒔く人』廃刊。

一九二四（大正一三）年　**6**青野季吉・小牧近江ら『文芸戦線』創刊。

一九二五（大正一四）年　**3**治安維持法成立。**5**普通選挙法制定。**12**日本プロレタリア文芸連盟（プロ連）結成。『文芸戦線』はプロ連の機関誌となる。

一九二六（大正一五・昭和元）年　1葉山嘉樹「セメント樽の中の手紙」を『文芸戦線』に発表。9黒島伝治「二銭銅貨」を『文芸戦線』に発表。11プロ連改組。日本プロレタリア芸術連盟（プロ芸）となる。

一九二七（昭和二）年　プロ芸と労農芸術家連盟（労芸）が分裂、また、労芸が前衛芸術連盟と分裂。

一九二八（昭和三）年　2佐多稲子「キャラメル工場から」を『プロレタリア芸術』に発表。3・15治安維持法違反容疑で共産主義者らの一斉検挙（「三・一五事件」）。3・25全日本無産者芸術連盟（Nippona Artista Proleta Federacio, NAPFナップ　欧文はエスペラント語。）結成。機関誌『戦旗』創刊。

一九二九（昭和四）年　2日本プロレタリア作家同盟（Nippona Alianco Literaturistoj Proletaj, NALPナルプ）結成。5〜6小林多喜二「蟹工船」を『戦旗』に発表。

一九三一（昭和六）年　6中野重治「菊の花」を『改造』に発表。9満州事変。11ナップ、日本プロレタリア文化連盟（Federacio de Proletaj Kultur Organizoj Japanaj, KOPFコップ）に改組。機関誌『プロレタリア文化』創刊。

一九三二（昭和七）年　3コップ大弾圧、指導部はほとんど検挙される。4中野重治検挙・投獄。7『文芸戦線』廃刊。

一九三三（昭和八）年　2小林多喜二、治安維持法容疑で逮捕・拷問死。6・8共産党委員長佐野学・同幹部鍋山貞親、獄中から転向声明（以降、共産党関係者の転向続出）。

一九三四（昭和九）年　2ナルプ解散。5中野重治、獄中で転向、出所。

一九三七（昭和一二）年　7盧溝橋事件。日中戦争勃発。

一九四一（昭和一六）年　12・8真珠湾攻撃。太平洋戦争開戦。12宮本百合子、検挙・投獄。敗戦まで執筆できず。

一九四五（昭和二〇）年　8日本、ポツダム宣言受諾。太平洋戦争終結。10連合国軍最高司令官総司令部（GHQ）、国内全政治犯の即時釈放を指令。

一九四六（昭和二一）年　新日本文学会結成。

（編集部）

ちくま文庫

教科書《きょうかしょ》で読《よ》む名作《めいさく》

セメント樽《だる》の中《なか》の手紙《てがみ》ほか　プロレタリア文学《ぶんがく》

二〇一七年三月十日　第一刷発行

著　者　葉山嘉樹（はやま・よしき）ほか

発行者　山野浩一

発行所　株式会社　筑摩書房
東京都台東区蔵前二―五―三　〒一一一―八七五五
振替〇〇一六〇―八―四一二三

装幀者　安野光雅

印刷所　凸版印刷株式会社

製本所　凸版印刷株式会社

乱丁・落丁本の場合は、左記宛にご送付下さい。
送料小社負担でお取り替えいたします。
ご注文・お問い合わせも左記へお願いします。
筑摩書房サービスセンター
埼玉県さいたま市北区櫛引町二―六〇四　〒三三一―八五〇七
電話番号　〇四八―六五一―〇〇五三

ISBN978-4-480-43417-3 C0193